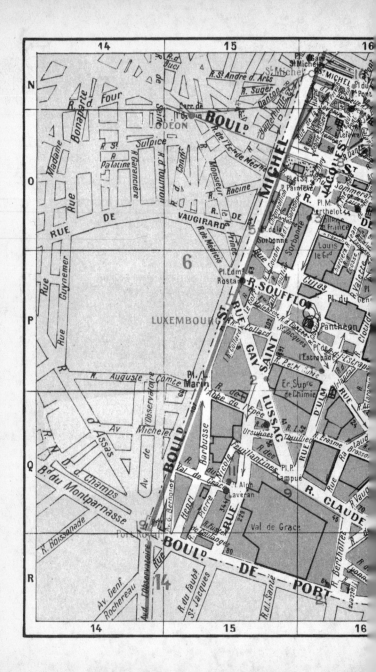

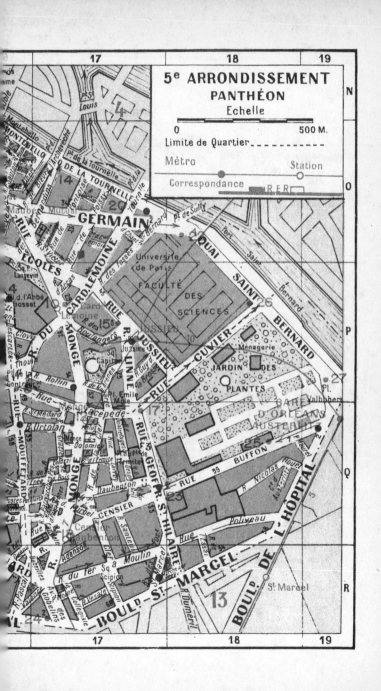

Léo Malet
Bambule am Boul' Mich'

Zu diesem Buch

„Bambule am Boul' Mich'" spielt im 5. Arrondissement von Paris. Hier beginnen und enden die Nachforschungen von Privatdetektiv Nestor Burma, der den Selbstmord eines Studenten untersucht. Liebe, Erpressung, Okkultismus und Abtreibung sind im tödlichen Spiel.

Léo Malet, geboren am 7. März 1909 in Montpellier, wurde dort Bankangestellter, ging in jungen Jahren nach Paris, schlug sich dort unter dem Einfluß der Surrealisten als Chansonnier und „Vagabund" durch und begann zu schreiben. Zu seinen Förderern gehörte auch Paul Éluard. Eines von Malets Gedichten trägt den bezeichnenden Titel „Brüll das Leben an". Der Zyklus seiner Kriminalromane um den Privatdetektiv Nestor Burma – mit der reizvollen Idee, jede Folge in einem anderen Pariser Arrondissement spielen zu lassen – wurde bald zur Legende. René Magritte schrieb Malet, er habe den Surrealismus in den Kriminalroman hinübergerettet. „Während in Amerika der Privatdetektiv immer etwas Missionarisches an sich hat und seine Aufträge als Feldzüge, sich selbst als einzige Rettung begreift, gleichsam stellvertretend für Gott und sein Land, ist die gallische Variante, wie sie sich in Burma widerspiegelt, weitaus gelassener, auf spöttische Art eigenbrötlerisch, augenzwinkernd jakobinisch. Er ist Individualist von Natur aus und ganz selbstverständlich, ein geselliger Anarchist, der sich nicht von der Welt zurückzuziehen braucht, weil er sie – und sie ihn – nicht versteht. Wo Marlowe und Konsorten die Einsamkeit der Whisky-Flasche suchen, geht Burma ins nächste Bistro und streift durch die Gassen." („Rheinischer Merkur") 1948 erhielt Malet den „Grand Prix du Club des Détectives", 1958 den „Großen Preis des schwarzen Humors". Léo Malet lebt in Chatillon bei Paris.

In der Reihe rororo-Taschenbücher liegen bereits vor: „Corrida auf den Champs-Élysées" (Nr. 12436), „Bilder bluten nicht" (Nr. 12592), „Stoff für viele Leichen" (Nr. 12593), „Marais-Fieber" (Nr. 12684), „Spur ins Ghetto" (Nr. 12685) und „Die Nächte von St. Germain" (Nr. 12770).

Léo Malet

Bambule am Boul' Mich'

Krimi aus Paris

Aus dem Französischen
von Hans-Joachim Hartstein

Rowohlt

Malets Geheimnisse von Paris

Les Nouveaux Mystères de Paris

**Herausgegeben von
Pierrette Letondor und Peter Stephan**

5. Arrondissement

21.–25. Tausend Oktober 1991

Veröffentlicht im Rowohlt Taschenbuch Verlag GmbH,
Reinbek bei Hamburg, Mai 1990
Copyright © der deutschen Übersetzung 1986 by
Elster Verlag GmbH, Bühl-Moos
Copyright © der Originalausgabe 1982 by
„Édition Fleuve Noir", Paris
Abdruck der Karten mit freundlicher Genehmigung der
Éditions L'INDISPENSABLE, Paris
Umschlagillustration Detlef Surrey
Umschlagtypographie Walter Hellmann
Gesamtherstellung Clausen & Bosse, Leck
Printed in Germany
780-ISBN 3 499 12769 5

1.
Verliebte glauben nicht ans Unglück

Es war ein unfreundlicher grauer Tag, der auf alles abfärbte. Wolken und Moral hingen am Boden. Noch drei Wochen trennten uns von Weihnachten, aber der Ewige Vater im Himmel brachte schon jetzt seine Pension Zur Heiligen Familie für das Weihnachtsessen auf Hochglanz. Er rupfte die Gänse, und die Federn fielen auf Paris nieder. Zuerst waren die Schneeflocken noch schüchtern, unverfrorene sollten ihnen folgen. Dafür garantierte die Farbe des Himmels.

Ich stand am Fenster in meinem Büro, Pfeife im Mund. Die Musselingardinen hatte ich zur Seite gezogen, um besser nach draußen sehen zu können. Ich beobachtete, wie der scharfe Wind die schneeweiße Pracht hochwirbelte. Neben anderen fröhlichen Gedanken kam mir auch der, daß der Winter wirklich Einzug hielt, was Hélènes Gesundheitszustand kaum verbessern würde. Eine mehr oder weniger asiatische Grippe hatte sie in die Kissen geworfen. Was mich anging, so langweilte ich mich zu Tode. Wenn das noch eine Woche so weiterging, wollte ich lieber sofort meine Rente einreichen.

Als das Telefon klingelte, stürzte ich sofort zum Apparat. Die Meldung einer Katastrophe würde wenigstens etwas Leben in die Bude bringen.

„Hallo", meldete ich mich.

„Hallo", antwortete eine weibliche Stimme. „Ist dort die Agentur Fiat Lux?"

„Ja, Madame... oder Mademoiselle?"

„Mademoiselle. Monsieur Burma?"

Jetzt entschloß ich mich doch, die Pfeife aus dem Mund zu nehmen.

„Höchstpersönlich."

„Guten Tag, Monsieur. Mein Name ist Jacqueline Carrier... Ich würde gern zu Ihnen kommen..."

Was Besseres konnte mir gar nicht passieren. Wenn Ihre Federn so schön sind wie Ihre Stimme, Mademoiselle... Eine junge Stimme, angenehm warm, kehlig, ein wenig gekünstelt, wie bei manchen Schauspielerinnen. Nicht so grotesk vibrierend wie die von Marie-Chantal, aber trotzdem gekünstelt, dabei sehr angenehm, verführerisch, sehr erregend.

„Nichts einfacher als das, Mademoiselle. Rue des Petits-Champs..."

„Ich weiß", unterbrach sie mich. „Leider geht es heute nicht. Andererseits hab ich schon lange damit gewartet..."

Die Stimme war immer noch warm, schien aber durch eine Spur schlecht unterdrückter Erregung verändert. Ich versuchte, etwas Ordnung in das Gestammel meiner Gesprächspartnerin zu bringen.

„Worum geht es?" fragte ich.

„Befassen Sie sich mit Mord?" fragte sie zurück.

„Nicht ganz, obwohl... ich werde oft gerufen, damit ich mir's ansehe. Ich lauf den Leichen zwar nicht hinterher, aber eine hab ich immer bei der Hand, wenn's sein muß. Zur besonderen Verwendung. Und Angst hab ich auch nicht davor..."

„Bitte, Monsieur. Machen Sie keine Witze."

„Entschuldigen Sie, Sie haben recht... falls es sich bei Ihnen um Mord handelt."

„Also eigentlich... ja... glaub ich..."

„Wie, glaub ich? Sind Sie sich nicht sicher?"

„Na ja... äh... das kann man am Telefon schlecht erklären... Hören Sie, Monsieur, würde es... würde es Ihnen was ausmachen, mich heute abend zu besuchen?"

„Bestimmt nicht. Wo?"

Chez Colin des Cayeux."

„Colin des Cayeux? Ich dachte, den hätte man erhängt. Oder handelt es sich um einen Nachfahren des Freundes von François Villon?"

„Es handelt sich um den Freund von François Villon selbst. Aber nicht leibhaftig. Es ist der Name des Cabarets, in dem ich arbeite. Im Quartier latin."

„Ach ja? Ach ja... natürlich. Sind Sie Sängerin?"

„Ja... ich singe ein wenig."

„Und wo geistert er rum, dieser Colin des Cayeux?"

„In der Rue des Grands-Degrés. Ecke Rue du Haut-Pavé."

„Verstehe. Zwischen der Place Maubert und dem Quai Montebello, stimmt's?"

„Genau. Waren Sie schon mal da?"

„Ich kenne die Gegend."

Und ich war auch schon mal da, vor langer Zeit. Das Cabaret befand sich an einem pittoresken Flecken, wo sich Clochards, arme Studenten und „die kleinen Leute" aufhielten. Hatte damals aber nicht *Chez Colin des Cayeux* sondern *Le Poète pendu* geheißen. Wenn man's genau betrachtet, ist das ja auch dasselbe.

„Werden Sie kommen, Monsieur?"

Warum nicht? Ich hatte sowieso nichts anderes vor.

„Ja. Wann?"

„Ich trete so gegen Mitternacht auf. Seien Sie etwas früher da... oder etwas später. Wie Sie wollen."

„Einverstanden. Bis heute abend, Mademoiselle."

„Danke, Monsieur. Bis heute abend."

Bevor ich mich wieder der Betrachtung der Schneeflocken widmete, kramte ich aus meinem Archiv die letzte Nummer von *Allô Paris* raus und fing an zu blättern. Ich suchte eine Werbeanzeige des Cabarets. Da war's auch schon:

CHEZ COLIN DES CAYEUX
Historisches Cabaret
Rue des Grands-Degrés
(Nähe Notre-Dame)
Moderne Atmosphäre im Rahmen des 15. Jahrhunderts
Lieder von Gestern und Heute
Folklore aus dem Quartier Latin

Attraktionen aus dem Mittelalter
Der urwüchsige Hausherr
JEHAN DE MONTGIBET
empfängt seine Gäste und stellt das Programm vor.

Ich zündete meine Pfeife wieder an und sah auf die Uhr. Noch etwas mehr als eine Runde um das Zifferblatt. Dann würde ich wissen, ob der Mund, der diese melodischen und verwirrenden Töne von sich gab, tatsächlich das hielt, was er versprach. Und wenn der Rest dazu paßte...

So lange brauchte ich gar nicht zu warten. Als ich gegen drei Uhr nachmittags aus dem Restaurant ins Büro zurückkam, sah ich einige Stufen vor mir zwei sehr hübsche Beine in feinen Nylonstrümpfen mit gerader Naht die Treppe hochgehen. Die Beine steckten in blauen Schuhen mit ziemlich hohen Absätzen und endeten in einem weiten grauen Rock, der wiederum aus einem hellbeigen Dufflecoat hervorlugte. Mir stieg ein verlockendes Parfüm in die Nase. Die Beine blieben in meiner Etage stehen, direkt vor meiner Tür. Eine behandschuhte Hand näherte sich dem Klingelknopf.

„Nicht nötig", sagte ich. „Im Augenblick ist niemand da. Aber ich hab den Schlüssel."

Dazu klimperte ich mit dem Schlüsselbund. Überrascht drehte sie sich um, ein ganz klein bißchen erschrocken. Unter der Kapuze schauten blonde Haare hervor. Sie umrahmten ein reizvolles Gesichtchen, das durch den leicht traurigen Ausdruck nur noch reizvoller wurde. Mein Besuch war etwas überdurchschnittlich groß, hielt sich gerade wie eine 1, elegant, mit hohen Backenknochen, blauen Augen und langen Wimpern, einem etwas großen Mund, sinnlichen Lippen, natürlich gut geformt und künstlich aufpoliert mit einem rosa Lippenstift. Wahlberechtigt war sie bestimmt noch nicht lange.

„Oh!" hauchte sie mit einem matten Lächeln. „Sind Sie der Detektiv Nestor Burma?"

Ich zog den Hut.

„Persönlich. Und Sie sind doch sicher Jacqueline Cartier? Ich erkenne Sie an Ihrer Stimme, Mademoiselle."

Sie nahm ihre Kollegmappe aus der rechten in die linke Hand.

„Carrier", verbesserte sie mich.

„Carrier, ja. Wie das Konventsmitglied. Entschuldigen Sie, daß ich Ihren Namen verdreht habe."

Ich öffnete die Tür, bat sie in mein gemütlich warmes Büro und bot ihr einen Stuhl an. Dann zog ich mir erst mal den Mantel aus. Sie legte ihre Mappe auf den Stuhl, streifte dann anmutig ihre Handschuhe ab, langsam, vielleicht ein wenig zu einstudiert, schlug ihre Kapuze nach hinten und bauschte ihr Haar zurecht. Dann knöpfte sie ihren Dufflecoat auf. Darunter trug sie diesen grauen Rock und einen blauen Rollkragenpullover, der einem mehr als eine Ahnung von den erregenden Brüsten allererster Wahl vermittelte. Ein breiter Ledergürtel machte ihre ohnehin schon schmale Taille noch schmaler. Endlich setzte sie sich und zog ihren Rock über die Knie, denn durch die Bewegung hatte sich die Spitze ihres lila Unterrocks vorwitzig gezeigt. Trotzdem benahm sich das Mädchen überhaupt nicht herausfordernd. Sie war, wie sie war, und so mußte man sie nehmen. Sie konnte sich doch nicht die Brüste abschnüren, nur weil sie so frech wirkten. Genausowenig konnte sie sich auf ihre formvollendeten Beine Krampfadern malen, um niemanden neidisch zu machen. Sie war einfach nur ein niedliches kleines Ding, das man am liebsten beschützt und getröstet hätte, lieber als andere, auch leichter als andere... wenn sie irgendwie Kummer gehabt hätte. Und offensichtlich hatte sie welchen.

„Also haben Sie sich nach unserem Telefongespräch doch noch anders entschieden", begann ich. „Oder ist es so wichtig, daß Sie nicht mehr bis heute nacht warten konnten?"

Sie lächelte dasselbe Lächeln, von dem sie mir schon eben eine Kostprobe gegeben hatte. Dieses gewisse Lächeln, traurig und nett.

„Entschuldigen Sie", sagte sie dann. „Ich hab Ihnen etwas vorgespielt. Hoffentlich sind Sie mir deswegen nicht böse."

„Überhaupt nicht."

Wenn man allen jungen Mädchen böse sein sollte, die einem was vorspielen – und nicht zu knapp –, dann käme man zu nichts anderem mehr.

„Danke. Ich wollte Sie... auf die Probe stellen", versuchte sie zu erklären und wurde rot. „Ich wollte wissen, ob ich Ihnen vertrauen kann... ob Sie freundlich genug sind, mir zuzuhören. Sie müssen wissen, was ich Ihnen zu sagen habe, klingt so übertrieben... Jedenfalls wollte man mich davon überzeugen, daß es übertrieben ist... Und ich hab mich damit schon so lächerlich gemacht... vor den Herren von der Polizei... ich mußte erst sicher sein, daß Sie mir zuhören..."

Sie stockte. Jetzt war ich an der Reihe zu lächeln.

„Und ich konnte Sie überzeugen?"

„Ja."

„Weil ich mich zu Colin des Cayeux bemühen wollte, einfach so, ohne genau zu wissen, worum's geht? Das hat Ihnen Vertrauen eingeflößt?"

„Ja."

„Na ja, wie schön... Werd versuchen, Sie nicht zu enttäuschen, Mademoiselle."

„Danke, Monsieur."

Sie fuhr sich mit der rosigen Zungenspitze über die Lippen.

„Nun, ich wollte Ihnen Ihre Zeit nicht unnötig stehlen... und als ich merkte, daß ich zu Ihnen kommen konnte... bin ich gekommen..."

Wieder stockte sie. Irgendetwas hemmte sie. Schweigend zählte sie ihre schmalen Finger mit den lackierten Nägeln.

„Das ist nett von Ihnen", sagte ich, um das Gespräch in Gang zu bringen.

Dann wartete ich, aber von alleine kam erst mal nichts. Ich fing an, mir meine Pfeife zu stopfen. Wer weiß, wie lange das noch dauerte.

„Ich hoffe, der Rauch stört Sie nicht", sagte ich, einfallsreich wie eine Gaslaterne. „Wenn Sie in einem Cabaret arbeiten..."

„Nein, nein, das stört mich nicht. Ich bin Rauch gewohnt."

Und sie leistete auch ihren Beitrag, holte aus der Manteltasche ein Päckchen Pall Mall und steckte sich eine Zigarette in den Mund. Ich gab ihr Feuer. Ihre Lippen zitterten leicht. Ich vermischte den Rauch meiner Pfeife mit dem ihrer Zigarette. Dann nahm ich in meinem Chefsessel Platz und ermunterte sie:

„Nur zu... Ich höre."

„Na ja... also...", begann sie zögernd. „Sie werden mich bestimmt für verrückt halten... alle haben mich bisher für verrückt gehalten..."

Wieder Pause, dann ein neuer Anlauf:

„Oh! Ich habe vergessen, Sie zu fragen... wegen des Honorares... Ich bin nicht reich und..."

Sie machte auf mich immer mehr den Eindruck eines Menschen, der müde ist, wieder und wieder dieselbe Sache zu erzählen und dabei auf immer dieselbe Skepsis zu stoßen. Jetzt fragte sie sich, ob sie es nochmal versuchen sollte, und zögerte das bittere Ende hinaus, um sich noch eine winzige Hoffnung zu bewahren.

„Vom Geld reden wir später. Wenn wir überhaupt ins Geschäft kommen", fügte ich noch hinzu.

Ihr Gesicht verdüsterte sich.

„Ja, das stimmt", seufzte sie. „Sie haben noch nicht gesagt, daß Sie mir helfen wollen."

Ich zuckte die Achseln.

„Und solange ich nicht mehr weiß, kann ich's auch nicht versprechen. Sagen Sie, ist das so schwierig? Am Telefon haben Sie was von einem Mord erzählt. Ohne daß Sie sicher waren. Sagen Sie, haben Sie jemanden getötet oder glauben Sie, jemanden getötet zu haben?"

Sie fuhr hoch.

„Oh, nein!" rief sie. „Es ist wegen..." Die Kehle schnürte sich ihr zusammen. „... wegen Paul."

„Paul?"

„Ja."

Mit einem Mal war die Farbe aus ihrem Gesicht gewichen. Zurück blieb nur das unaufdringliche Make-up. Sie verzog das Gesicht wie ein Baby, das gleich anfängt zu heulen. Weit entfernt davon war sie auch nicht. Ihre Augen füllten sich schon mit Tränen. Mit veränderter Stimme flüsterte sie:

„Ich kann nicht darüber sprechen. Es ist zu schwer... Hier, lesen Sie. Ich wußte, daß ich nicht darüber sprechen kann. Deswegen hab ich's mitgebracht.

Sie nahm aus ihrer Mappe einen Stoß Zeitungsausschnitte und reichte ihn mir. Jetzt konnte sie sich nicht länger beherrschen. Sie legte ihre Zigarette in den Aschenbecher und weinte still vor sich hin. Ich ließ sie weinen und fing an zu lesen.

Die Zeitungsartikel waren etwa einen Monat alt, stammten aus dem *Parisien*, *Paris-Journal*, *France-Soir* und *Crépuscule* und noch zwei oder drei anderen kleineren Blättchen. Es ging um einen gewissen Paul Leverrier, zwanzig Jahre, Sohn eines Arztes vom Boulevard Saint-Michel und selbst wohl zukünftiger Arzt, wenn es ihm nicht in den Sinn gekommen wäre, sich eine Kugel in den Kopf zu jagen. In seinem eigenen Wagen, einem alten 2CV, mit einem Revolver, der neben ihm gelegen hatte und dessen Herkunft ungeklärt geblieben war. Das war auf dem Quai Saint-Bernard passiert, neben den Gittern der Halle aux Vins, in einer mondlosen Nacht, ohne einen anderen Zeugen als das Gewissen des jungen Mannes, der in seinem Körper eine kräftige Dosis Rauschgift mit sich herumgeschleppt hatte. Das hatte die Autopsie ergeben, genauso wie sie unzweifelhaft ergeben hatte, daß der junge Mann sich selbst ins Jenseits befördert hatte. Als die Flics auf ihrer morgendlichen Runde – sie waren neugieriger gewesen als ihre Kollegen vorher – ihn entdeckten, war er schon seit mehreren Stunden tot. Im *Crépu* und im *France-Soir* waren einige Fotos abgebildet. Auf dem ersten sah man Paul Leverrier, in der rechten Hand einen Füllfederhalter, die linke gegen die Wange gestützt. Ein Junge, der sich gerade Verse aus den Fingern saugt, verträumter Blick in die Ferne, das Bewußtsein durch Rauschgift erweitert. Ein hübscher Junge, der anscheinend, wenn man das nach einem Bild beurteilen kann, soviel Willenskraft besaß wie der allgemein bekannte Waschlappen. Meiner Meinung nach hatte er nur einmal im Leben einen starken Willen bewiesen: ganz zum Schluß, als er sich das Gesicht zerschossen hatte. Auf dem zweiten Foto war sein Vater zu sehen. Ein kräftiger Mann mit strengem Gesichtsausdruck, der „versucht hat, den Reportern davonzulaufen", wie es in dem Text unter dem Bild hieß. Konnte ich gut verstehen, genauso wie ich verstehen kann, daß die Journalisten ihre Arbeit tun müssen. Also wirklich, ich war an dem Tag verdammt verständnisvoll! Das dritte Foto schließlich vermittelte nur eine vage und unvollständige Vorstellung von der anmutigen Jacqueline Carrier, *„Schauspielschülerin und Geliebte des unglücklichen jungen Mannes"*. Außer diesen sachlichen Informationen malte jedes Blatt, je nach Laune und politischer Richtung, ein Bild vom Weltschmerz unserer Jugend.

Ich hob meinen Blick von den Zeitungsausschnitten und sah meine Besucherin an. Die Tränen hatten Spuren auf dem Make-up hinterlassen. Jetzt weinte sie aber nicht mehr, knüllte nur nervös ein Taschentuch in ihren Händen, mit dem sie ihre Augen abtupfte. Anscheinend hatte sie sich wieder unter Kontrolle.

„Besser?" fragte ich.

„Ja. Entschuldigen Sie." Sie schnäuzte sich.

„Das ist doch ganz normal."

Ich stand auf und holte ein Fläschchen mit Lebensgeistern und zwei aufnahmefähige Gläser aus ihrem Versteck. Sie hatte soeben ziemlich viel Flüssigkeit verloren, und ich hatte Durst.

„Whisky?"

„Wenn Sie meinen."

Ich meinte. Sie befeuchtete sich die Lippen in dem bernsteinfarbenen Naß. Ich setzte mich wieder, mein Glas in der Hand.

„Paul Leverrier", sagte ich. „Sie haben ihn sehr geliebt, nicht wahr?"

„*Wir* liebten *uns*", verbesserte sie mich mit Nachdruck. „Wir bedeuteten uns alles."

„Schon lange?"

„Seit einem halben Jahr."

Ich stellte mein Glas auf die Schreibtischplatte, klopfte meine Pfeife aus und stopfte sie langsam wieder. Sechs Monate. Ich drehte meinen Sessel und sah durchs Fenster. Der Schnee fiel jetzt sanft, ganz behutsam. Ein halbes Jahr. Ja, das ist genau der Zeitraum, in dem man sich alles bedeutet, in dem man schreibt: „Bis in den Tod", oder „Für immer Dein". Ein Jammer! Ich drehte meinen Sessel zurück und sah wieder den ernsthaften Tatsachen in die Augen – na ja, mehr oder weniger ernsthaft. Ich zeigte auf die Zeitungsartikel.

„Und wo bleibt der Mord?"

„Wie! Sehen Sie das nicht?"

„Ich sehe nur einen Selbstmord."

Sie schüttelte den Kopf.

„Ich glaub nicht daran. Paul hat sich nicht umgebracht. Er ist ermordet worden!"

„Donnerwetter! Sie haben aber Nerven!"

„Na ja... ich... ich glaub das."

Sie nahm einen Schluck.

„Er hatte keinen Grund sich umzubringen. Das haben die Zeitungen geschrieben. Man hat kein Motiv gefunden."

„Es ist von Depressionen die Rede..."

„Er war nicht deprimiert. Das heißt... doch, etwas... ab und zu mal... wie jeder, nehme ich an. Aber nicht so schlimm, daß... Weil... Aber begreifen Sie denn nicht, Monsieur? Wir haben uns geliebt!"

Doch, ein schlagendes Argument. Ich fand es etwas schwach auf der Brust, das Argument. Damit sie das merkte, verzog ich das Gesicht.

„Wir haben uns geliebt... Vielleicht wissen Sie nicht, was das bedeutet...", fügte sie mitleidig verächtlich hinzu.

„Und ob", murmelte ich. „Aber wir sind nicht hier, um in Erinnerungen zu kramen. Jedenfalls nicht in meinen."

Ich leerte mein Glas, um meinen eigenen Kummer zu ertränken.

„Also, Sie und er, Sie liebten sich so sehr, daß Sie kein anderes Gefühl gelten lassen können, ein stärkeres vielleicht, das ihn zum Selbstmord getrieben hat?"

„Das werde ich niemals gelten lassen."

„Und wenn eben Ihre Liebe der Grund für den Selbstmord war?"

„Wie?"

„Sie hatten doch sicher vor, irgendwann zu heiraten, oder?"

„Natürlich."

„Der Vater wollte das nicht, und der Sohn hat den Kopf verloren. Der Vater sieht jedenfalls so aus, als könnte er Einspruch erheben. Ein Kopf wie Molotow." Und der Sohn sieht aus, als könnte er leicht den Kopf verlieren, fügte ich für mich hinzu.

„Nein", erwiderte sie. „Ich kenne Monsieur Leverrier erst seit... seit kurzem. Wir haben ihn nicht gefragt. Aber wie er sich mir gegenüber verhalten hat... ich glaube nicht, daß er sich unserer Heirat widersetzt hätte."

„Hat Paul mit ihm darüber gesprochen?"

„Nein."

„Warum nicht?"

„Ich weiß nicht. Na ja... wir haben gelebt, haben uns geliebt... sicher, die Heirat wäre der Höhepunkt gewesen..."

„Aber Sie hatten Zeit?"

„Ja."

An der Aufrichtigkeit des jungen Mannes zweifelte sie offensichtlich nicht.

„Und außerdem", fuhr sie fort, „war Paul alt genug, um sich der Bevormundung durch seinen Vater zu entziehen, wenn nötig es gewesen wäre... Paul betete seinen Vater an. Für ihn war er der Liebe Gott. Aber auch er hätte unsere Liebe nicht zerstören können, Gott oder nicht Gott, das spürte ich, das weiß ich... Übrigens wäre Paul bald volljährig geworden... und dann hätte der Vater sich sowieso nicht mehr einmischen können..."

„Hm... da seh ich einen Widerspruch. Sie sagten, Dr. Leverrier war für seinen Sohn der Liebe Gott. Und dann lassen Sie durchblicken, daß es zwischen den beiden nicht klappte."

„Das wollte ich nicht damit sagen. Man muß das verstehen... Jetzt, da ich soviel Schweres durchmache, jetzt versteh ich das auch sehr gut... genauso wie Paul... er war seinem Vater nicht böse... der verdiente eher Mitleid..."

Sie schnäuzte sich und fuhr dann fort:

„Vor mehreren Jahren hat Monsieur Leverrier seine Frau verloren... Pauls Mutter. Seitdem hat er sich sehr verändert. Es war für beide ein Schock... für den Vater und für den Sohn."

„Hat Paul Ihnen das erzählt oder kannten Sie Dr. Leverrier schon vorher?"

„Ich hatte ihn noch nie gesehen. Paul hat's mir erzählt."

„Und heute?"

„Na ja, wie ich Ihnen schon sagte, ich habe ihn kennengelernt, als... als..."

„Der Kummer hat sie einander nähergebracht."

„Ja. Oh, wir sind nicht familiär miteinander. Dr. Leverrier ist ziemlich reserviert, kühl, aber... na ja, wir haben uns hinterher noch einmal gesehen."

„Und Sie haben Sympathie füreinander entdeckt?"

„Tja... Sympathie... jedenfalls finden wir uns nicht unsympathisch. Und wo ich ihn jetzt kenne, bin ich um so fester davon überzeugt, daß er sich unserer Heirat nicht widersetzt hätte."

„Schön. Hatte Paul Feinde?"

„O nein, Monsieur!"

„Bestimmt nicht?"

„Ganz bestimmt nicht."

„Hm..."

Zur Belebung des Gesprächs fragte ich:

„Kein Eifersüchtiger oder so? Einer Ihrer ehemaligen Verehrer, der..."

„O nein, Monsieur!"
„... der ihn getötet hat, um... tja, warum?"
„Aber... aber das weiß ich doch nicht..."
In ihren Augen stand das blanke Entsetzen.
„Deswegen bin ich doch zu Ihnen gekommen."
„Ja, ja, verstehe... hm..."
Drei Sekunden Bedenkzeit. Da waren schon vier zuviel. Was sollte das Gerede? Das beste war, sie so lange hinzuhalten, bis sie die Dinge klarer sah. Ich klopfte auf die Zeitungsausschnitte.
„Können Sie mir das hierlassen?"
„Natürlich... Mein Gott!" rief sie plötzlich. Glück leuchtete aus ihren tränenverschleierten Augen. „Mein Gott!... Sie wollen sich wirklich damit beschäftigen... Pauls Mörder suchen und ihn der Gerechtigkeit übergeben?"
„Ja. Aber... Ein Gott in dem Fall reicht. Nennen Sie mich nicht auch noch so."
Na ja, ich konnte mich immer noch dazu verpflichten, den Mörder der Gerechtigkeit zu übergeben, wie sie sagte. Ich bin kein Lieferant für den Henker, und dieser „Mörder" würde mich schon nicht verleiten, meinen Prinzipien untreu zu werden. Paul Leverrier hatte sich aus noch ungeklärten Gründen selbst das Leben genommen. Er alleine war der Täter.
„Oh! Danke... Sie..."
Sie stotterte vor Dankbarkeit.
„Sie halten mich nicht für verrückt... wie die von der Polizei...?"
Ich setzte für sie mein bezauberndstes Lächeln auf.
„Ich mach nie was so wie die von der Polizei."
Tja. Im allgemeinen mag das stimmen, aber nicht in diesem besonderen Fall. Endlich war ich mal mit den Flics einer Meinung. Aber ich wusch meine Hände nicht in Unschuld wie sie, legte den Fall nicht zu den Akten. Ich hatte das Gefühl, daß das Mädchen vor Schmerz ein klein wenig übergeschnappt war. Heute vielleicht schon etwas weniger als zur Zeit des Dramas. Aber immer noch genug, um irgendeine Dummheit

zu begehen. Also mußte man ihren Wahnvorstellungen beipflichten, um sie dann besser beeinflussen zu können. Sie war einfach zu sympathisch, als daß ein galanter Mann wie ich nicht versuchen sollte, das Schlimmste zu verhüten. Solange sie meinte, ich würde hinter dem „Mörder" ihres Geliebten herrennen, verhielt sie sich ruhig. Und mit der Zeit würde alles wieder in Ordnung kommen, das kritische Stadium würde vorübergehen...

„Aber ich kann Ihnen nicht die Ergebnisse versprechen, die sie sich erhoffen. Möglicherweise hat Paul tatsächlich Selbstmord verübt."

„Wenn Sie ihn gekannt hätten, würde Sie nicht so sprechen", sagte sie mit rührender Überzeugung. „Wir haben uns zu sehr geliebt, als daß er daran auch nur gedacht hätte."

Um das wieder aus ihrem Kopf herauszuholen, brauchte man einen ausgezeichneten Korkenzieher. Im Moment hatte ich keinen...

„Stimmt, ich hab ihn nicht gekannt. Vielleicht könnten Sie mir einiges über ihn erzählen?"

Sie legte sofort los. Lieferte mir von dem Jungen ein derart zuckersüßes Bild, daß es mir ganz schlecht wurde. Aufmerksam, sanft, zärtlich und sensibel... so sensibel...

„Ja, ich glaube", sagte sie dann noch, „daß ein Schock, eine Erschütterung bei ihm unvorhersehbare Reaktionen auslösen konnte. Aber wir liebten uns zu sehr..."

„Ja... als daß er an Selbstmord gedacht hätte. Lassen wir das jetzt mal beiseite. Haben Sie Ihren... man kann nicht sagen Verdacht... Ihre Idee... ja, sagen wir Idee... haben Sie über Ihre Idee mit den Flics gesprochen?"

„Ja."

„Und die haben sich über Sie lustig gemacht? Sie für verrückt erklärt?"

„Nicht offen, aber ich bin ja nicht blöd. Sie haben zu mir gesagt: ‚Sie denken mit dem Herzen. Wir dagegen haben die Wissenschaft auf unserer Seite'."

„Wörtlich?"

20

„Wörtlich."

„Wüßte gerne den Namen des Flics, der sich so gewählt ausdrückt. War das dieser Masoultre, von dem die Zeitungen schreiben?"

„Weiß ich nicht. Vielleicht."

„Macht nichts. Werd ihm schon andere Flötentöne beibringen. Und der Arzt, Pauls Vater, was hält der davon? Falls Sie auch mit ihm darüber gesprochen haben..."

„Er glaubt nicht an ein Verbrechen. Macht sich Vorwürfe, daß er sich nicht genug um seinen Sohn gekümmert hat, ihm nicht die nötige väterliche Zuwendung gegeben hat. An ein Verbrechen glaubt er aber nicht. Allerdings kann auch er kein Motiv für einen Selbstmord finden. Na ja... kein richtiges."

„Nämlich?"

„Er vermutet, Paul habe den Tod seiner Mutter nicht verkraftet. Für mich ist das aber keine Erklärung. Erstens ist seine Mutter schon mehrere Jahre tot. Dann hätte er ziemlich lange gebraucht, um die Leere in seinem Leben zu bemerken. Er liebte sie, vergötterte sie. Hat mir oft warmherzig von ihr erzählt. Aber er konnte mit seinem Kummer fertigwerden. Zweitens hatte ich die Leere ausgefüllt, wenn ich das so sagen darf. Glauben Sie mir, Monsieur: Paul hat sich nicht umgebracht. Er ist ermordet worden."

Ich war nah dran zu sagen: „Hoffentlich." So sehr hatte sie sich in den Gedanken verrannt. Aber ich hielt mich zurück, aus lauter Anstand. Denn schließlich, sich selbst umbringen oder umgebracht werden, das Ergebnis ist dasselbe. Was änderte das an dem gegenwärtigen Zustand des jungen Mannes? Er befand sich im unterirdischen Reich der zerfressenden Würmer.

„Ich werd mir das mal näher ansehen", sagte ich laut. „Werd Sie auf dem laufenden halten. Haben Sie eine Adresse?"

„Hôtel Jean, Rue Valette."

„Wohnen Sie dort, oder ist dort nur Ihr Briefkasten, Ihr Telefon?"

„Ich wohn da. Haben Sie gedacht, ich lebe bei meinen Eltern?"

Ich machte eine möglichst nichtssagende Geste.

„Dafür wohnen sie zu weit weg", sagte sie. „Auf dem Friedhof von Laplaine, einem hübschen Flecken in der Yonne. Ich war fünfzehn, als sie gestorben sind. Ein Onkel hat sich um mich gekümmert, damals... heut übrigens auch noch. Seit zwei Jahren versuch ich mein Glück in Paris."

„Ja. Als Schauspielschülerin. Wenn ich das richtig verstehe, dann sind Sie im Cours Simon oder so eingeschrieben?"

„Im Cours Mazarine, Rue Mazarine, in Saint-Germain-des-Prés. Um über die Runden zu kommen, arbeite ich bei Colin des Cayeux."

„Und dadurch bekommen Sie auch gleichzeitig praktische Erfahrung."

„Genau."

Sie kramte in ihrer Mappe, holte schließlich zehntausend Francs in Fünferscheinen hervor.

„Das ist alles, was ich habe... im Augenblick", sagte sie. „Reicht das?"

„Vollkommen."

Um so mehr, weil ich ihr das Geld nach der Komödie wiedergeben wollte. Ich hab zwar nie Kurse besucht, weder den von Simon noch den von Mazarine, aber ich spielte gut. Ich gab ihr eine Quittung über den Betrag. Sie machte sich noch etwas schöner, knöpfte ihren Duflecoat zu und gab mir die Hand. Eine kühle Hand, leicht zitternd, aber voller Vertrauen.

„Danke, Monsieur Burma."

Durch ihre langen Wimpern kam ein dankbarer Blick auf mich zu. Ich brachte sie zur Tür. Im Treppenhaus herrschte eine Affenkälte. Dadurch roch man das Parfüm der frühzeitigen Witwe noch stärker. Meine Nase machte reichlich Gebrauch davon.

Als sie weg war, setzte ich mich wieder in meinen Sessel und zündete meine Pfeife und eine Lampe an. Die Nacht brach schnell herein. Dann nahm ich mir nochmal die Zeitungsartikel vor und machte Notizen. Kurz darauf kam mir die kranke

Hélène in den Sinn. Ich schnappte mir das Telefon, um zu hören, wie's ihr ging. Sie lag im Bett; es ging ihr nicht besser, aber auch nicht schlechter. Ja, ja, so ist das. Ich legte auf, nahm Hut und Mantel und verließ mein Büro.

Es schneite immer noch. Der Schnee schmolz aber sofort auf dem Boden und verwandelte sich unter den Füßen der Passanten und den Rädern der Autos in den schönsten Matsch.

2.
Streitgespräch um eine Leiche

Ungefähr eine halbe Stunde später war ich in der Tour Pointue. Kommissar Florimond Faroux, mein alter Komplize, Chef der Kripo, saß unter dem Bild des wachsamen Polizeipräfekten in seinem Büro. Seine obere Gesichtshälfte lag im Schatten des Lampenschirms. Die Zigarette in seinem Mund wurde mehr zerkaut als geraucht. Wir gaben uns im Lichtkegel die Hand, über einem Aschenbecher, der von Zigarettenkippen und abgebrannten Streichhölzern überquoll. Die üblichen Begrüßungsfloskeln.

„Scheißwetter, was?" schimpfte der Kommissar und zeigte mit dem Kinn in Richtung Fenster, durch das man einen Teil der Sainte-Chapelle sehen kann, wenn es draußen hell ist.

Ich nahm meinen Hut ab und schüttelte die Tropfen runter.

„Ja, es schneit, und die Luft ist sehr kühl."

Er lachte laut los.

„Im Ernst?"

„Im Ernst."

„Hoffentlich bleibt das so!"

„Ich dachte, Sie wären mehr der Sonne zugetan. Sagten Gnädige Frau nicht soeben: ‚Scheißwetter'?"

„Ich meinte das Gespräch. Großer Gott! Wenn ich mit Ihnen immer solche Gespräche führen dürfte! Vielleicht etwas dämlich, aber schön geruhsam."

„Ach so! Verstehe... Darf man sich setzen?"

„Man darf."

An der Wand standen nebeneinander drei Stühle. Sahen ganz anständig aus. Aber vielleicht sollte man sich besser nicht zu sehr darauf verlassen. Davon haben sie bei der Kripo ein ganzes Lager. Wacklig, darauf dressiert, sofort zu knarren, wenn jemand seinen Hintern draufsetzt, und nicht mehr damit aufzuhören. Reserviert für die, die als Zeugen in dieses Haus kommen und sicher sein können, als Täter abgeführt zu werden. Die wackligen Stühle, ihr Knarren, Stöhnen und Schreien bringt sie aus dem Konzept. Sozusagen als zusätzliche Folter zu den bohrenden Fragen. Ich kümmerte mich nicht um diesen kleinen Trick des Hauses, aber ich hätte trotzdem gerne bequemer gesessen. Ich zog also den Stuhl, der mir am stabilsten aussah, an den Schreibtisch ran und setzte mich.

„Verstehe", wiederholte ich. „Nur... Ich bin nicht hergekommen, um mit Ihnen Friseurgespräche zu führen."

„Dacht ich's mir doch. Wo fehlt's denn?"

„Nichts fehlt. Nur Hélène fehlt was."

„Was hat die Kleine denn?"

„Grippe. Davon abgesehen, interessiere ich mich für einen abgeschlossenen Fall, von dem Sie bestimmt nichts gehört haben. Glaub ich jedenfalls."

„Welcher Fall?"

„Der Fall Leverrier. Paul Leverrier."

„Paul Leverrier?"

„Ja."

Seine graumelierten Schnurrbarthaare richteten sich auf, wie immer, wenn er nachdachte. Der Kommissar hustete, warf seine Kippe zu den anderen in den Aschenbecher und fing an, sich mit seinen langen, knochigen, nikotinfarbenen Fingern eine neue Zigarette zu drehen.

„Sagt mir tatsächlich herzlich wenig. Jedenfalls im Augenblick."

„Inspektor Masoultre wird sich bestimmt dran erinnern. Er leitete die Ermittlungen. Sein Name stand damals in den Zeitungen. Kennen Sie ihn?"

„Er gehört zu den Leuten von Kommissar Sylvert. Ein prima Kerl."

Inzwischen hatte er seine Zigarette angezündet. Der Rauch verfing sich unter dem Lampenschirm wie in einem Kamin.

„Und worum ging es da?"

„Leverrier, ein Medizinstudent, ist gewaltsam zu einem Ihrer Kunden geworden. Vor einem Monat."

„Warten Sie... so langsam dämmert's... Ich hab's! Quai Saint-Bernard, hm? In einem Auto?"

„Genau."

„Und Masoultre leitete die Ermittlungen?"

„Ja."

„Und?"

„Ich würd mich mit dem Inspektor gern mal über diese Ermittlungen unterhalten. Hab mir gedacht, Sie könnten mich mit ihm bekanntmachen."

„Und warum? Gefallen Ihnen die Ermittlungen nicht?"

„Meiner Klientin gefallen sie nicht."

„Ach, Ihrer Klientin?"

„Ja. Sie sagt, der Junge habe sich nicht umgebracht, sondern sei ermordet worden."

Der Kommissar lachte.

„Sieh mal einer an! Will die uns vielleicht erzählen, wie wir arbeiten sollen? Uns im allgemeinen und Masoultre im besonderen? Bei Masoultre fällt sie auf die Schnauze. Von einigen kleinen Eigenarten abgesehen, hat er unseren Beruf im Blut – ein scharfer Spürhund. Achtet auf alles. Sag dem kleinen Liebling, er soll sich zum Teufel scheren."

„Ich möchte doch nicht wegen Polizistenbeleidigung drankommen."

„Ich meinte ja auch Ihre Klientin. Das haben Sie sehr gut kapiert."

„Ja. Aber Ihrem Rat folge ich trotzdem nicht. Das wäre nicht nett."

„Ach ja? Vielleicht wollen Sie den Fall wieder aufrollen und dann selbst die Ermittlungen leiten?"

„Hätte nichts dagegen."

„Scheiße! Soll das heißen, es lohnt sich? Wollen Sie uns damit wirklich auf den Wecker gehen? Denn natürlich teilen Sie die Meinung Ihrer Klientin?"

„Hab ich ihr weisgemacht. Nachdem ich die Zeitungsberichte darüber gelesen habe, bin ich persönlich davon überzeugt, daß Paul Leverrier sich umgebracht hat. Aber ich möchte sicher sein. Deswegen würde ich liebend gerne fünf Minuten mit Inspektor Masoultre sprechen dürfen. Hab nicht die Absicht, ihm reinzupfuschen. Möchte nur mehr darüber wissen, aus dem Munde eines... Experten. Mehr als in den Zeitungen darüber stand und mir meine Klientin erzählt hat. Lohnte sich meiner Meinung nach nicht, mit ihr weiter darüber zu reden."

„Ach, verdammt nochmal! Sie haben so eine Art, sich Vertrauen zu verdienen und es auch zu bekommen, also wirklich! Einerseits ist mir das ganz lieb, wohlgemerkt, aber trotzdem..."

„Meine Klientin war die Geliebte des Toten. Der Schmerz verwirrt sie. Sie hat im Moment nicht alle beisammen. Was kostet's mich schon, ihr beizupflichten, bis sie wieder zur Besinnung kommt?"

„Oh, das kostet Sie sicher nicht viel. Im Gegenteil, wird Ihnen noch was einbringen, Herr Ritter. Ich nehm doch an, sie zahlt gut... oder wird noch zahlen..."

Er zwinkerte mir vielsagend zu.

„In der einen oder anderen Währung."

So sind diese Flics. Sogar die angenehmeren können sich einfach nicht vorstellen, daß man aus purer Selbstlosigkeit handelt. Ist ja auch ganz klar: in ihrem Beruf sehen sie nur die schlechten Seiten der Medaille, die widerliche, gemeine Fratze des Lebens. Den ganzen Tag lang – und noch die Nacht dazu – lernen sie an zarten Gefühlen nichts als brutale Gewalt kennen. Sie eilen von einem Verbrechen zum andern, von der in Scheiben geschnittenen Frau über den Mann, dem das Hirn raushängt, zu dem durchlöcherten Schwulen. Sie waten durch den Schlamm der Straßen, atmen den Gestank der Stundenhotels, sehen die schmierigen Wände. Und wenn sie zufällig mal in ein ordentliches Haus gerufen werden, dann liegt todsicher eine Leiche in irgendeinem Zimmer rum. Ein Hotelzimmer, auch in einem Luxushotel, auch ohne viel Blut, aber mit einer noch warmen Leiche geschmückt, das unterscheidet sich nicht sehr von einer dreckigen Absteige. Kein Wunder, daß eine solche ungesunde Ernährungsweise Spuren hinterläßt. Natürlich, sie könnten den Beruf wechseln...

„Mein Lieber", sagte ich, „das ist mein Bier."

„Dann trinken Sie gefälligst nicht unser Bier aus, das wir bezahlt haben. Na ja, ich will mal nicht so sein. Werde versuchen, diesen Masoultre aufzutreiben und ihn hierher zu bitten. Möchte wissen, warum ich Sie nicht einfach rauswerfe."

Der Kommissar telefonierte mit zwei Kollegen. Masoultre schwirrte irgendwo im Haus herum. Zehn Minuten später stand er vor uns.

Gewohnheitsmäßig hielt ich nach dem Schatten Ausschau, der eigentlich dabei sein mußte. Aber er ließ ihn wohl auf dem Flur warten. Masoultre war ungefähr dreißig, ziemlich klein, breitschultrig, mit Händen wie Schaufeln, dem roten Gesicht eines Bauern und als Krone darüber ein Bürstenhaarschnitt. Aber dieser rotgesichtige Bauer war modern und fortschrittlich. Als er geboren wurde, gab es schon Elektrizität auf dem flachen Land und automatische Melkmaschinen. Seine schwarzen Augen blickten außergewöhnlich wach und intelligent. Faroux machte uns miteinander bekannt, und Masoultre war sehr erfreut. Bei einigen Wörtern kam sein Akzent zum Vorschein.

Er zog sich einen Stuhl ran, und ich erklärte ihm den Grund meines Besuches.

„Was halten Sie von der jungen Dame?" fragte er mich in schulmeisterlichem Ton, als ich ihm von meinem Gespräch mit Jacqueline Carrier erzählte.

Er machte es sich auf seinem Stuhl bequem, was sofort einen traurigen Klagelaut auslöste. Pech: er hatte den Stuhl für zweifelhafte Zeugen erwischt. Schien ihn aber gar nicht zu stören. Im Gegenteil. Man hätte meinen können, er zerbreche sich den Kopf darüber, wie er seinem wacklilgen Sitzmöbel die verschiedensten Töne entlocken konnte. Wie ein Dudelsackpfeifer, der sein Instrument stimmt.

„Dasselbe wie Sie", antwortete ich auf seine Frage. „Sie ist ein bißchen plemplem."

„Das finde ich leicht übertrieben. Sie redet sich da etwas ein, mehr nicht. Ich glaube, ich durchschaue ihre Psyche. Daß ihr Geliebter sich umgebracht hat, wo doch kein Schatten auf ihre Liebe fiel, das scheint ihr unvorstellbar. Sie ist ein gefühlsbetonter Mensch..."

Wie der daherredete! Ich schielte zu Faroux hinüber. Der Kommissar nickte unmerklich, als wollte er sagen: Ja, so sind die jetzt alle. Hatte ich Ihnen ja gesagt: einige kleine Eigenarten! Ich widmete mich wieder Masoultre, vor allem seinen Schaufeln. Gepflegte Sprache oder nicht, er war sicher nicht auf den Mund gefallen bei bestimmten Gelegenheiten, wo das Wort „gepflegt" gut hinpaßt. Das stellte das natüliche Gleichgewicht wieder her. Ich verspürte undeutlich ein Gefühl der Erleichterung. Der Inspektor redete weiter.

„Ein gefühlsbetonter Mensch, hab ich auch zu ihr gesagt..."

„,Sie überlegen mit dem Herzen. Wir dagegen haben die Wissenschaft auf unserer Seite.' Oder so was Ähnliches."

„Stimmt genau. Ich merke, sie hat Ihnen meine Worte exakt wiedergegeben."

„Ja. Und... ist die Wissenschaft tatsächlich auf Ihrer Seite?"

Er lachte leise, vornehm, aber eben doch wie ein Flic.

„Ich dachte, Sie bezweifeln nicht, daß es Selbstmord war."

„Bezweifelt er auch nicht", seufzte Faroux. „Aber er will auf Nummer Sicher gehen. Erleichtern Sie ihm die Aufgabe, Herr Kollege. Sie sollen ein Gedächtnis wie ein Elefant haben. Angeblich kennen Sie Ihre Akten auswendig. Erinnern Sie sich doch bitte an diese eine. Das ist doch kein Staatsgeheimnis. Mal sehen, was dabei rauskommt."

„Wie Sie wünschen, Herr Kommissar", sagte Masoultre und verbeugte sich. Halb aus Respekt gegenüber seinem Vorgesetzten, halb um auf seinem musikalischen Stuhl einen noch nicht gehörten Ton hervorzubringen.

„Ich kann Ihnen den Bericht des Gerichtsmediziners wiedergeben", sagte er dann zu mir. „Manchmal schleichen sich Zweifel in die Schlußfolgerungen ein, weil die Flugbahn einer Kugel merkwürdig verläuft. Im Fall Leverrier ist das aber absolut nicht so. Ich möchte behaupten, noch nie konnte man mit solcher Gewißheit auf Selbstmord schließen. Wollen Sie den Bericht lesen?"

„Nicht nötig. Wenn Sie das sagen, genügt mir das. Das Fachchinesisch würde mich nicht schlauer machen. Der junge Leverrier hat sich also selbst umgebracht."

„Einwandfrei. Jeder Versuch, einen Selbstmord vorzutäuschen, um ein Verbrechen zu vertuschen, ist auszuschließen. Die wissenschaftlichen Beweise sind eindeutig."

„Gut. Er hat sich umgebracht. Aber... Aus welchem Grund? Herrgott nochmal! Man bringt sich doch nicht einfach so um?"

Faroux seufzte. Über Masoultres Lippen huschte ein enttäuschtes Lächeln.

„Glauben Sie, Monsieur Burma? Ehrlich gesacht, Sie überraschen mich. Hab Sie für einen alten Hasen gehalten. Ist es Ihnen noch nie passiert, daß Sie sich von jemandem verabschiedet haben, der alle Anzeichen von Lebensfreude besaß, und hinterher hören Sie, daß er sich sofort nach Ihrem Fortgehen eine Kugel in den Kopf geschossen oder sich unter die Metro geworfen hat? Von einem inneren Zwang getrieben? Kann man jemals wissen, was tatsächlich in einem Menschen vorgeht? Weiß der Betroffene selbst genau, was unter seiner eigenen Schädeldecke passiert? Eine plötzliche Niedergeschlagenheit, eine unerklärliche Depression, ein vorübergehendes Aussetzen des Verstandes... und hopp! Haben Sie so was wirklich noch nie erlebt?"

„Doch, aber das waren Ausnahmen. Im allgemeinen bringt man sich aus irgendeinem Grund um."

Sein Lächeln wurde eindringlicher, der Ausdruck veränderte sich.

„Und was wären das für Gründe?"

„Na ja... an erster Stelle Liebeskummer."

„Das kommt hier nicht in Frage."

„Ich weiß. Hab ich nur zur Erinnerung gesagt. Dann kann es noch vorkommen, daß es bei der Arbeit oder im Studium nicht so klappt, wie man es gerne hätte..."

„Kommt auch nicht in Frage. Paul Leverrier war ein ausgezeichneter Student, obwohl... anscheinend war er für das Medizinstudium etwas zu sensibel. Aber sein Vater war Arzt, sein Großvater auch schon, und er setzte die Familientradition fort. Wo wir schon von der Medizin sprechen... Auch wegen einer Krankheit bringen sich manche Leute um."

„Ja? Und?"

„Paul Leverrier war gesund wie ein Fisch im Wasser."

„Sehr schön... Hm..."

Ich horchte. Der Schnee war wohl in Hagel übergegangen, denn ich hörte es trommeln. War aber gar kein Hagel, sondern nur Faroux, der seine Schreibtischunterlage bearbeitete. Offensichtlich brachte ihn das Gespräch so langsam auf die Palme.

„Zurück zur Familie", schlug ich vor. „Kein Streit zwischen Vater und Sohn irgendwelcher Art?"

„Nein, keiner", antwortete Masoultre. „Dr. Leverrier hat sich vielleicht nicht so um seinen Sohn gekümmert, wie er es hätte tun sollen, aber Streit... nein."

Die anthrazitfarbenen Augen des Inspektors leuchteten auf.

„Doch, da war was. Werd's Ihnen gleich erzählen, wenn Sie mit Ihrer Aufzählung fertig sind. Doch Ihre Gründe kommen bei dem Jugen alle nicht in Frage... was ihn nicht daran hinderte, Selbstmord zu verüben."

„Hm... äh... hab das Gefühl, ich bin mit meinem Latein fast am Ende..."

„Würde mich wundern", mischte Faroux sich ein.

„Also", fuhr ich fort. „Private Probleme..." Ich nahm zum Aufzählen die Finger zur Hilfe. „... Schwierigkeiten im Studium, Krankheit, Streit in der Familie... Ah! Hatte er schlechten Umgang? Sie wissen doch, was das ist, oder? Diese jungen

Hüpfer lassen sich in irgendeine undurchsichtige Geschichte hineinziehen, aus der sie nicht mehr rauskommen, und dann..."

Masoultre schüttelte den Kopf.

„Die Ermittlungen haben ergeben, daß er zwei oder drei schräge Vögel kannte. Aber wenn man gründlich genug sucht, findet man solche Bekannten bei jedem, auch bei sogenannten Musterbürgern. Bei Leverrier waren das aber weniger richtige Bekannte als flüchtige Café-Bekanntschaften aus dem Quartier Latin. Sie wissen, was ich meine. Und er hat sich in keine strafbare Sache verwickeln lassen."

Plötzlich merkte ich, wie urkomisch diese Situation war. Ich fing an zu lachen. Faroux' Schnurrbarthaare sträubten sich kampfbereit. Er fragte mich nach dem Grund meiner Heiterkeit.

„Es ist zum Totlachen! Was macht der Inspektor denn die ganze Zeit? Er will mir unbedingt beweisen, daß es keinerlei Motive gibt für einen Selbstmord, auf den er selbst geschlossen hat. Finden Sie das nicht lustig? Ich wollte einen unwiderlegbaren Beweis für den Selbstmord bekommen, ohne Hintergedanken. Davon war ich doch selbst überzeugt. Schien mir alles sonnenklar zu sein. Aber nach und nach kommt mir das immer undurchsichtiger vor."

„Tja. So ist das... hm..." brummte Faroux.

„Entschuldigen Sie", meldete sich Masoultre zaghaft. „Aber es gibt eins, ein Motiv. Na ja... etwas Subjektives. Das könnte man gelten lassen. Wir wollten der Presse lieber nichts davon sagen. Ich hab's auch Jacqueline Carrier nicht angedeutet, als sie behauptete, gegen alle Beweise,... gegen alle Beweise, Monsieur Burma!... Leverrier sei das Opfer eines Verbrechens. Was ich meine, geht nur den Vater was an, und der ist schon so geschlagen genug..."

„Ach! War's das, worauf Sie eben angespielt haben?"

„Ja. Leverrier vernachlässigte seinen Sohn. Dieser liebte seinen Vater abgöttisch – da stimmen alle Zeugen überein –, und so sensibel, wie er war, konnte er sich damit nicht abfinden. Er fühlte sich einsam, schrecklich einsam. Das ist so ein subjektives Motiv, von dem ich eben gesprochen habe... die plötzliche Niedergeschlagenheit, eine unerklärliche Depression... Man stürzt in einen Abgrund..."

„Man verliert ganz einfach den Boden unter den Füßen!"

„Genau. Und das ist bei ihm vor einem Monat passiert. Das hätte auch einen Monat früher oder später passieren können. Wie ich schon sagte: weiß man, was wirklich in einem Menschen vorgeht?"

„Was Paul betrifft, scheinen Sie es zu wissen."

Er hob die Schultern.

„Ich versuche nur zu verstehen", sagte der Inspektor. „Und dann... Sie wissen doch, wie das geht... Ein Gedanke zieht den nächsten nach sich."

„Allerdings."

Der ungeduldige Faroux konnte nicht mehr an sich halten.

„Herrgott nochmal!" explodierte er und schlug mit der flachen Hand auf die Tischplatte. „Das ist doch nur dummes Rumgerede. Es gab keinen vernünftigen Grund, seelisch oder nicht, weswegen sich der kleine Blödmann umgebracht hat. Trotzdem hat er's getan. Ich kenne den ganz genau", rief er Masoultre zu und zeigte drohend in meine Richtung. „Kommt hierher und behauptet, er glaube an einen Selbstmord. Und dann verwickelt er uns in eine Diskussion, die uns am Ende völlig konfus macht. Wenn wir ihm nicht klipp und klar alles sagen, stellt er sich wieder was vor und macht dummes Zeug, auf unsere Kosten. Ich finde, wir sollten die Sache schnellstens hinter uns bringen. Er hat ein paar Informationen gekriegt, also soll er auch noch den Rest haben. Und dann Schluß damit! Masoultre, holen Sie mir doch bitte diese Akte. Dann kann er das selbst beurteilen. Ich hab so langsam die Schnauze voll davon. Wir werden hier nicht dafür bezahlt, um Fliegen zu fangen."

„Zu Befehl, Herr Kommissar", sagte der Inspektor nachdenklich. Er stand auf. Der Stuhl gab einen leisen Abschiedsseufzer von sich.

„Wer wird denn gleich an die Decke gehen", sagte ich zu Faroux, als wir alleine waren.

„Schon gut", brummte der Kommissar. „Ich wollte mir das auch mal näher ansehen."

„Ach ja?"

„Ja."

„Offen gesagt, mir paßt das überhaupt nicht, mein Lieber. Selbstmord wäre in jeder Hinsicht bequemer. Keine Arbeit für mich und keine Gefahr für meine Klientin."

„Was für eine Gefahr?"

„Na ja, ich weiß nicht, aber schließlich ... Sollte Paul Leverrier aus irgendeinem Grund umgebracht worden sein, dann könnte seine Geliebte das nächste Opfer sein. Um so mehr, da sie einen Verdacht hat. Immerhin hat sie einen Abschnitt seines Lebens mit ihm geteilt ... und vielleicht seine Geheimnisse ... falls er welche hatte."

„Ist ihr schon irgendwas in der Richtung passiert?"

„Nein. Jedenfalls hat sie mir nichts erzählt. Und warum hätte sie mir das verheimlichen sollen?"

„Tja ... nun ..."

Er zuckte die Achseln und vertiefte sich in die Herstellung einer unförmigen Zigarette. Inzwischen kam Masoultre wieder. Er legte die Akte dem Kommissar vor. Der fing sofort an zu blättern. Nach einer Weile stieß er einen Seufzer der Erleichterung aus.

„Scheint mir alles in Ordnung zu sein", sagte er. „Zwar wird immer noch nicht klar, warum der Student sich ins Jenseits befördert hat, aber er hat's nun mal getan. Man muß nur den Bericht des Gerichtsmediziners lesen, um sich davon überzeugen zu lassen. Niemand hätte ein Verbrechen so perfekt in diesen Selbstmord verwandeln können. Höchstens ein Magier. Es gibt gewisse Kerle, raffinierte, geschickte, schlaue, aber richtige Zauberer hab ich in meiner Laufbahn noch nicht kennengelernt. Und auch gerissene Kerle übersehen immer irgendetwas, eine Kleinigkeit, und deswegen werden sie geschnappt. Denn es gibt Tatsachen, aus denen kann man nicht mehr rausholen, als sie hergeben wollen. Lesen Sie, Burma."

Er reichte mir den Bericht. Ich las, und er blätterte weiter in der Akte. Wissenschaftlich gesehen stand es hundertprozentig fest. Paul Leverrier hatte Selbstmord begangen.

„Nun?" fragte der Kommissar, als ich ihm das Blatt zurückgegeben hatte. „Überzeugt?"

„War ich vorher schon. Sie haben mir das nur nicht geglaubt, weil Sie wissen, daß ich immer die Dinge hinter den Dingen sehen will, wie jemand mal gesagt hat. Und Sie wissen auch, wenn ich das Gefühl hab, irgendetwas ist faul, dann ist meistens was dran. Aber diesmal war's für die Katz."

Der Kommissar bewegte meine Worte im Herzen.

„Ich will Ihnen mal glauben", sagte er dann.

Die Atmosphäre entspannte sich.

„Und was machen Sie jetzt mit Ihrer Klientin?"

„Was ich sowieso vorhatte. So tun, als liefe ich hinter einem oder mehreren Verbrechern her. Zeit verstreichen lassen, bis sie sich wieder gefangen hat. Sie dann dahin bringen, so schonend wie möglich, zu akzeptieren, daß sich ihr Geliebter umgebracht hat."

„Das ist Betrug!" lachte Faroux.

„Das ist Barmherzigkeit. Apropos... Ich möchte Sie bitten, ein klein wenig barmherzig zu sein... mir gegenüber. Selbstverständlich werde ich mich im Quartier latin rumtreiben. Hab im Moment sowieso nichts Besseres zu tun. Und schließlich soll das Mädchen nicht merken, daß ich sie hinhalte. Also, sehen Sie nicht gleich rot, und glauben Sie nicht, ich wollte jetzt trotzdem den abgeschlossenen Fall wieder aufrollen."

„Sie können sich rumtreiben, wo Sie wollen, aber denken Sie dran: Sie kümmern sich nur um Ihr Bier."

„Was anders will ich auch gar nicht... Ist das die Waffe?" fragte ich und zeigte auf das Foto, das Faroux in der Hand hielt.

„Ja."

„Hat man nie erfahren, woher der Junge sie hatte?"

Der Kommissar gab die Frage stumm an Masoultre weiter.

„Wir vermuten", sagte der Inspektor, „daß er sie einem Araber geklaut oder abgekauft hat, einem von denen, die um Saint-Séverin herumlungern. Aber genau wissen wir das nicht."

„Apropos Araber... Hab gelesen, daß Leverrier mit Drogen vollgepumpt war."

„Vollgepumpt ist nicht der richtige Ausdruck."

Ein Pedant, der einen immer korrigieren muß, wie besessen hinter dem richtigen Ausdruck her.

„Aber er stand doch einwandfrei unter Drogen, oder?"

„Ja."

„Haschisch?„

„Opium. Warum Haschisch."

„Ich hab an die Araber gedacht. War er süchtig? Das würde so einiges erklären."

„Nein. Möglicherweise ein Ersatz für Selbstmord... oder um sich Mut dafür zu machen. Vielleicht hat er es sogar nur mal so geraucht, und das ‚Pfeifchen' hat einen Mechanismus in Gang gesetzt..."

Die Stimme des Inspektors hatte sich verändert, so als spräche er zu sich selbst.

„Wir haben uns auch gefragt, aus welchem Grund er zur Halle aux Vins gefahren ist, um sein Vorhaben auszuführen. Manchmal gibt der Ort Aufschlüsse. Er hätte irgendwo hinfahren können. Nach Fontainebleau, in den Bois de Boulogne. Irgendwohin eben. Warum zur Halle aux Vins? Na ja, es könnte sein, daß er zuerst in die Seine springen wollte. Daran denken Selbstmörder oft als erstes. Aber im letzten Moment hat er gezögert... Viele zögern... und sich dann ganz schnell für die Kugel entschieden. Die Pistole hatte er die ganze Zeit bei sich."

„Tja, so hat sich das bestimmt abgespielt. Hat man den Dealer gefaßt?"

„Nein."

Masoultre schien in Gedanken vertieft.

„Rue Broca?" fragte Faroux und schlug auf eine Seite der Akte.

„Was?"

Der Inspektor fuhr hoch.

„Rue Broca?" wiederholte Faroux.

„Ja, Herr Kommissar."

„Erzählen Sie, mein Lieber. Ich sehe, Sie zögern... Wenn Nestor Burma sagte, er bezweifle nicht, daß es Selbstmord war, dann glaub ich ihm. Aber ich kenne ihn gut genug, um zu wissen, daß er sich bei der kleinsten Unstimmigkeit anders besinnt und einen ganzen Roman draus macht. Deswegen bestehe ich darauf, alles hier und jetzt zu erledigen, damit wir nie mehr wieder davon reden müssen. Los, Masoultre!"

„Na ja, wir haben herausgefunden, daß einer von Leverriers zwielichtigen Café-Bekanntschaften... ein gewisser Van Straeten..."

„Der Fliegende Holländer, sieh an!"

„Ein Bohémien, ein Magier, ein Scharlatan, der auf Kosten von verwöhnten naiven Söhnen lebt. Er ist kein Holländer. Van Straeten ist ein Deckname. Alle nennen ihn so. Wir auch. Der Einfachheit halber."

„Kurz gesagt, da er nicht der Weise aus dem Morgenland sein darf, ist er der falsche Magier aus Holland!" rief ich.

Faroux mußte lachen. Der Inspektor überhaupt nicht. Ich konnte ihm deswegen nicht mal böse sein.

„Wir haben also herausgefunden", fuhr er fort, „daß Van Straeten Paul Leverrier in eine Opiumhöhle mitgenommen hat, in die Rue Broca. Wir haben dem Lokalbesitzer keinen Ärger gemacht. Ein vietnamesischer Wäschereibesitzer. N'Guyenh. die D.S.T. hofft, bald was viel Schwerwiegenderes gegen ihn in der Hand zu haben. Man hat bei ihm eine Art Mausefalle aufgebaut. N'Guyenh hat bei Onkel Ho mitgemacht. Man vermutet, daß er seine Erfahrungen an die Führer der Nationalen Befreiungsfront weitergibt. Der Algerienkrieg weist nämlich merkwürdige Parallelen zum Indochinakrieg auf."

„Und deswegen lassen wir ihn im Moment in Ruhe", übersetzte Faroux.

„Das hatte ich wohl verstanden", sagte ich lächelnd.

„Großartig. Aus Ihnen kann noch was werden. So..."

Der Kommissar klappte die Akte zu.

„Ich glaube, jetzt ist alles klar, hm? Oder wollen Sie noch mehr wissen?"

„Gibt's noch mehr zu wissen?"

„Nein."

„Na dann... vielen Dank. Sie waren sehr freundlich, beide. Ich kam hierher, um mich von der Selbstmordversion überzeugen zu lassen. Jetzt bin ich's. Mehr wollte ich nicht. So weiß ich doch wenigstens, wie ich meiner Klientin gegenüber auftreten muß."

Faroux seufzte.

„Ist doch völlig egal! Diese Jacqueline... Dingsbums... Hab nicht gedacht, daß es so Mädchen gibt, so in Liebe entbrannt."

„Gibt's auch gar nicht."

„Meinen Sie, sie spielt Ihnen war vor?"

„Nein. Jacqueline Carrier ist die Ausnahme, die die Regel bestätigt."

„Werden Sie nicht tiefsinnig."

Ich zeigte auf den Platz vor Sainte-Chapelle. Nach und nach wurde er von einem weißen Teppich bedeckt.

„Das macht der Schnee", sagte ich.

Das Telefon klingelte. Faroux nahm den Hörer.

„Hallo!... Ach, guten Abend, Monsieur... Ja, Monsieur... sofort, Monsieur..."

Er legte wieder auf.

„Ich muß zum Chef."

Er stand auf und gab mir die Hand.

„Wiedersehen, Burma. Meine besten Genesungswünsche an Hélène."

„Danke. Werd's weitergeben."

„Kommt selten vor, daß wir uns so verabschieden, hm? Ohne Hintergedanken?"

„Ich jedenfalls hab keine."

„Ich auch nicht."

„Und der Inspektor?" fragte ich ironisch.

„Was sollte ich für Hintergedanken haben?" gab Masoultre zurück, düster, jetzt wieder ganz Bauer. Wirklich, ab und zu blätterte der Lack ab, den er sich auf der Polizeischule aufgetragen hatte.

„In Ordnung", sagte ich.

„Verdammt nochmal!" schimpfte Faroux. „Könnten Sie mir nicht mal andere Besuche machen als professionelle?"

„Professionelle haben keinen Zutritt."

„Könnten Sie mich nicht mal einfach nur so zum Vergnügen besuchen?"

„Kennen Sie einen, der zum reinen Vergnügen hierherkommt?"

„Nein", seufzte Faroux. „Nicht mal wir... Außer Masoultre vielleicht", lachte er, „aber das geht auch noch vorbei."

Wir gaben Pfötchen, und ich verließ den gastlichen Ort.

3.
Bei Colin des Cayeux... und anderswo

Draußen ließ ein scharfer Wind die Schneeflocken tanzen. Der Flic, der vor der Nr. 36 vorschriftsmäßig frische Luft schnappte, schüttelte seinen Umhang, um ihn von dem glitzernden Film zu befreien. Über der Brüstung des Quais erhoben sich die dunklen Stämme der Kastanien. In den Gabelungen der kahlen Äste bildeten sich flockige Flächen. Am anderen Seineufer sah ich das warme Licht der Rôtisserie Périgourdine.

Ich ging zu meinem Wagen, den ich etwas weiter weg geparkt hatte, an der Place Dauphine. Plötzlich überlegte ich es mir anders. Ein Spaziergang würde mir guttun. Über den Pont Saint-Michel gelangte ich auf den gleichnamigen Platz.

Gleich acht Uhr. Das Kino neben der Taverne du Palais – ich kenne es seit einer Ewigkeit – rief mit seiner schrillen Klingel die Besucher herbei. Über dem leeren Brunnenbecken reckte sich der Chef der himmlischen Polizei – im Auftrag Gottes zuständig für Vertrauen und Donnerwetter aller Art. Hinter einem weißen Perlenvorhang besiegte er wie immer den gefährlichen Drachen. Auf dem Schutzgitter unten an den Bäumen konnte sich ungestört der Schnee sammeln. Drei Schwarze standen vor dem Zeitungskiosk und kämpften mit den Temperaturen. Sie schienen das Wetter persönlich zu nehmen, so als wurzelte darin der Rassenkonflikt.

Seit ein paar Jahren wimmelte es hier von den Söhnen Hams. Während ich den Boul' Mich' hinaufging, kamen mir einige entgegen. Vielleicht war aber auch der Schnee für meine schwarzen Gedanken verantwortlich.

Ich ging in ein Bistro, um mir einen Martini zu genehmigen. Das Lokal war brechend voll. Alles junge Studenten. Vielleicht standen in der lärmenden Menge auch ehemalige Freunde von Paul Leverrier. Was ich so von dem kleinen Blödmann wußte... Und ich wußte 'ne Menge von ihm. Was für ein Hornochse! Anstatt sich einfach umzubringen, hätte er sich doch besser umbringen lassen können... Daran hatte er nicht im Traum gedacht! Hatte sich sozusagen selbst erledigt. Ich war dringend hinter einem interessanten Auftrag her. Bei diesem Jungen war aber nichts drin. Es sei denn...

Ich sah plötzlich ein Betätigungsfeld vor mir. Hätte mir übrigens schon früher einfallen können, aber an manchen Tagen hab ich eine lange Leitung, auf der ich dann auch noch stehe.

Mal sehen... Paul hatte sich aus Gründen umgebracht, die im dunkeln blieben. Wenn ich nun versuchte, sie rauszukriegen? Einspruch, Euer Ehren: das ist den Flics auch nicht gelungen. Einverstanden. Aber Flics, das sind Beamte, keine Künstler, keine scharfen Spürhunde (Abgesehen vielleicht von Masoultre, und nicht mal der...) Sie kriegen einen sauberen Selbstmord geliefert, sie ermitteln routine- und pflichtgemäß, finden aber nichts; und da es sich offensichtlich nicht um ein vertuschtes Verbrechen handeln kann, gehen sie zum nächsten Fall über.

Ja, hier konnte ich mich vielleicht betätigen. Außerdem wär's ziemlich lästig gewesen, die kleine Jacqueline drei Wochen oder länger hinzuhalten. Davon hätte keiner was gehabt. Und wer garantierte mir dafür, daß sie nach einem Monat Vernunft annehmen würde? Wenn ich ihr dagegen einen ordentlichen Grund für das tödliche Verhalten ihres Geliebten liefern könnte... Sicher, sie würde leiden; aber nicht mehr als jetzt. Und erst mal von dieser schrecklichen Ungewißheit erlöst, würde sie sich schneller wieder fangen. Ja, ich konnte loslegen. Schien mir etwas schwierig zu werden, aber ich hatte schon Schlimmeres erlebt.

Ich verließ das Bistro und ging zu einem Chinesen in die Rue Cujas, Peking-Ente essen. Zum Dessert ging ich ins

Champollion, dem kleinsten Kino von Paris (genau einhundertsiebenundfünfzig Plätze!). Es wurde *Obsèques en robe sac* (Beerdigung im Sackkleid) gegeben, ein Krimi mit Jacqueline Pierreux, die immer noch so schön war, immer noch – ich war ihr deswegen nicht böse – so verschwenderisch mit ihren Reizen. Heute war mein Jacqueline-Tag. Und der Tag des Schauspiels – mit ständig wechselndem Programm. Nach dem Kino ins Cabaret. Ich ging zu meinem Dugat. Entlang der Seine kam ich in die Rue du Haut-Pavé.

Chez Colin des Cayeux. Die pseudo-gothischen Buchstaben neon-strahlten halbhoch an der Fassade eines alten klotzigen Gebäudes. Ich hatte mich nicht geirrt: das Cabaret, in dem Jacqueline auftrat, befand sich an genau derselben Stelle wie damals der *Poète Pendu*.

Zuerst kam man in eine Bar, dann ging's eine Treppe runter zum eigentlichen Cabaret. An den Wänden der Bar waren noch Spuren vergangener Zeiten zu sehen. Auf einem Blechschild stand: *A l'Ymayge Nostre-Dame*. Ein Plakat mit der Unterschrift Freddy-Vidal zeigte einen schmächtigen Kerl mit dichtem Haarschopf und grünem Gesicht, ein Strick um den Hals, die Zunge rausgestreckt. Darunter die Aufschrift: „*Le Poète Pendu* streckt den Idioten die Zunge raus." In diesem Programm aus längst vergangener Zeit traten auf: Jacques Cathy, Pierre Ferrary, Lucien Lagarde, Léo Malet usw.

Aber nirgendwo eine Ankündigung des aktuellen Programms.

An der Theke stand ein schlechtgelaunter, schweigsamer Mann. Neben ihm tuschelte ein Paar miteinander. Der Barkeeper hantierte mit den Flaschen. Das traditionelle weiße Jackett hatte er gegen eine farbige Jacke eingetauscht. Er grüßte mich mit einem übertrieben schwungvollen „Guten Abend *Messire*". Den Affen zu spielen, nahm ihn voll und ganz in Anspruch. Aus dem Untergeschoß drang Stimmengewirr und eine volle, asthmatische Musik. Wahrscheinlich aus einem Harmonium. Das Garderobenfräulein war als Troubadour oder Page verkleidet. Irgendwas in der Art. Samtmütze mit Feder, dekolletierter Wams und enganliegende Hose, ein Bein rot, das andere grün. Ich gab ihr Mantel und Hut und sie mir dafür den Rat, an der niedrigen Tür zum Cabaretsaal auf meinen Kopf zu achten. Ich ging die ausgetretene Steintreppe hinunter.

Unten herrschte reges Treiben in einem günstigen Halbdunkel. Alle schrien sich irgendwas zu. Das Harmonium kämpfte verzweifelt dagegen an, aber seine Kraft reichte nicht. Die verrauchte, etwas feuchte Luft roch nach Parfüm – dem teuersten wie dem billigsten – und nach allen möglichen Tabaksorten. Das Licht kam, ganz im Stil des 15. Jahrhunderts, von Lampen, die durchs viele Blenden blind geworden waren. Soweit ich das in diesem Schummerlicht beurteilen konnte, waren die Wände holzvertäfelt und mit Szenen aus villoneskem Leben bemalt: Diebstahl von Lebensmitteln, Aufhängen von Galgenvögeln, Abhängen von Nationalflaggen, Befummeln von Huren mit Riesenbrüsten usw. Die Tische sahen aus wie die in Tavernen, und man setzte sich auf Schemel.

Es war brechend voll. Ich hielt nach einem Platz Ausschau. ein freundlicher Troubadour, der Bruder oder vielmehr die Schwester des Garderobenfräuleins, nahm sich meiner an. Die Troubadouresse trug eine umgebaute Laute als Bauchladen mit Zigaretten vor sich her. Sie fand einen Platz und lotste mich durch die sitzende Menge. Mit ihren strammen zweifarbigen Beinen stieß sie hier eine Schulter, dort einen Kopf zur Seite. Endlich konnte ich mich setzen. Zum Dank für ihre Mühe kaufte ich meiner Fremdenführerin ein Päckchen Zigaretten ab. Bei dem Kellner, einem Jungen in der Kleidung eines entsprungenen Sträflings, bestellte ich irgendein Mixgetränk. Wenig später brachte er es mir in einer Art Humpen.

An allen Tischen wurde fortwährend geschnattert. Auch das Harmonium ließ sich nicht entmutigen. Es stand unter einer kleinen Bühne mit rotem Vorhang. Plötzlich bimmelte eine Glocke. Das Harmonium verstummte seufzend. Eine Lichterkette erstrahlte oben an den Fransen des roten Vorhangs. Jetzt wurde es relativ still. Ich hatte das Gefühl, alle wollten sehen, was es zu sehen gab. Ein untersetzter Bursche mit langer Mähne betrat die Bühne. Mit seinem schwarzen Seidenhemd und seiner Kordsamthose erinnerte er mich mehr ans späte 19. als ans 15. Jahrhundert.

„Meine edlen Fräulein! Herrliche Damen! Dämliche Herren!" schrie er. „Ich, Jehan de Montgibet, Herr dieses Hauses, habe die Ehre, Ihnen jetzt den außergewöhnlichen Auftritt anzukündigen, der von weit und fern die anspruchsvollsten Liebhaber der Kunst zu uns strömen läßt!" Pause. „Die traurige Isolde." Pause. Dann verdeutlichte er, falls uns der Witz entgangen sein sollte: „Ist sie nicht trist, unsere Isolde? Urteilen Sie selbst, Messeigneurs. Hier kommt... Applaus, bitte!... Isolde. Die triste Isolde."

Er gab das Zeichen für den Beifall und zog sich zurück. Bravo-Rufe wurden laut. Ein interessiertes Murmeln war hier und da zu hören. Wahrscheinlich Kenner oder besonders Schlaue. Der Vorhang wurde zur Seite gezogen und gab den Blick auf eine junge Dame frei. Ein weiterer Troubadour, der dritte nach meiner Rechnung, aber diesmal offenbar männlichen Geschlechts, kam aus den Kulissen hervor und setzte sich links vorne auf die Bühne. Und schon fing er an, seine Gitarre zu bearbeiten. Die junge Frau trug ein mittelalterliches Kostüm, streng geschnitten, sehr phantasievoll. Ihr volles blondes Haar fiel bis auf die Schulter. Auf dem Haar trug sie ein Häubchen.

Es war Jacqueline Carrier.

Sie lächelte schüchtern ins Publikum, verbeugte sich vor dem Beifall. Zuerst sang sie *La Rue Saint-Jacques* von Mac Orlan. Ihr Vortrag reichte zwar nicht an den von Germaine Montero heran, konnte sich aber hören lassen. Als sie danach *Tu guettes, Huguette* ankündigte, ging ein Raunen durch den Saal. Das Lied erzählte die uninteressante und übertrieben verrückte Geschichte einer Schloßherrin, deren Herr und Meister in den Glaubenskrieg gezogen war. Ich verstand nicht ganz, warum einer meiner Nachbarn sich verschluckte. Aber schon bald sollte mir das klar werden.

Mit langsamen, eingeübten Bewegungen, fast denselben, mit denen sie in meinem Büro ihren Dufflecoat aufgeknöpft hatte, nur viel herausfordernder, begann Jacqueline-Isolde-Huguette sich auszuziehen. Na schön! Lernte sie das in ihrem Cours Mazarine? Mittelalterlicher Striptease! Ihr Kostüm schien aus einem Stück zu sein. In Wirklichkeit bestand es aus mehreren Teilen, die sie nach und nach von sich warf. Sie beherrschte diese Technik perfekt. Als sie nur noch mit Büstenhalter, Spitzenhöschen und schwarzen Strümpfen bekleidet war, entlockte der Gitarrist seinem Instrument ein virtuoses Gejaule. Plötzlich brach das Gitarrenspiel ab. Das war genau der Augenblick, in dem der Büstenhalter fiel. Rufe der Bewunderung wurden ausgestoßen, dazwischen ein unverständliches „Psst". Großer Gott! Wenn ich mir überlegte, daß Paul Leverrier diesen vollkommenen Körper in seinen Armen gehalten hatte ... um sich dann umzubringen ... Ich begriff, daß das Mädchen das nicht glauben konnte. Na ja, wenigstens war er nicht ins Totenreich gegangen, ohne von den Früchten des irdischen Lebens gekostet zu haben.

Damit hielt ich den Auftritt für beendet. Aber nein ... da ... Scheiße nochmal! Sie kam nicht aus der Puste. Konnte dem Harmonium noch was davon abgeben. Jetzt wurde es mucksmäuschenstill, ein Engel flog durchs Zimmer. Da faßte sie sich an den Slip. Konnte einem glatt der Hut hochgehen. Hoffentlich sah der Engel das nicht... Der Slip mit seinen geschickt angebrachten Reißverschlüssen glitt die hübschen Beine hinunter und ließ einen klitzekleinen, aber darum nicht weniger wirksamen Keuschheitsgürtel zum Vorschein kommen!

Na also. Die Moral war gerettet und die dumme Tradition der Kreuzzüge respektiert.

Das gab einen Heidenspektakel. Endlose Hochrufe, frenetischer Beifall. Jacqueline verneigte sich und verschwand rückwärts in den Kulissen. Die Falten des fallenden Vorhangs zitterten wie sicher so einige Knie bei den Zuschauern. In den allgemeinen Lärm hinein spielte das Harmonium einen Totentanz.

Ich machte dem Kellner ein Zeichen. Er kam zu mir an den Tisch.

„Kommt die Stripperin nochmal?" fragte ich ihn.

„Nein. Würde mir zwar gefallen, aber ich hab dabei nichts zu sagen. Aber das Programm ist noch nicht zu Ende. Jetzt ist der Chef dran... der *Tavernier,* wollte ich sagen. Scheiße! Ich vergesse immer meinen Text."

„Jehan de Montgibet?"

„Ja."

„Zieht der sich auch aus?"

„Er singt nur. *Le plaisir des Dieux, Les filles de Camaret...*"

Ach so. Lieder aus dem Quartier Latin."

„Ja. Ganz hübsch."

Ich kenne das gesamte Repertoire auswendig. Von Patachou ist mir's lieber. Aufregender. Also stand ich auf und ging nach oben.

„Ich möchte zu Jacqueline Carrier", sagte ich zum Garderobenfräulein. „Wo kann ich..."

Sie schüttelte den Kopf.

„Wo denken Sie hin? Wenn Sie sich auch nicht schämt, nackt aufzutreten..."

„Ich bin ein Freund von ihr."

„Das sagen alle."

„Bei mir stimmt's zufällig. Sie werden sehen. Geben Sie ihr bitte meine Karte. Übrigens hab ich sie doch bei ihrem richtigen Namen genannt, oder?"

„Stimmt."

Ich reichte ihr meine Karte, die in einen Geldschein gewickelt war.

„Werd sehen, was sich machen läßt", sagte sie und nahm alles. „Wenn Gäste kommen, ich bin sofort zurück."

Sie war tatsächlich sofort zurück und zeigte auf die Tür, durch die sie gekommen war. Hier mußt man nicht nur auf seinen Kopf achtgeben, sondern auch auf seine Füße, wegen der Stufen. Die Künstlergarderoben befanden sich in ehemaligen Kellerräumen. Jacqueline erwartete mich in einer der

Türen. Jetzt trug sie einen keusch geschlossenen Morgenmantel. Eine dicke Glühbirne hinter ihr umgab ihr goldenen Haare wie einen Heiligenschein. Der Engel von eben.

„Guten Abend, Monsieur Burma", sagte sie verlegen. „Waren Sie... waren Sie im Saal?"

„Ja."

Sie wurde feuerrot und biß sich auf die Lippen.

„Darf man reinkommen?" fragte ich.

„Natürlich, wenn Sie möchten..."

Der ehemalige Kellerraum war mehr schlecht als recht eingerichtet. Das Mobiliar bestand aus einem Frisiertisch, zwei Stühlen wie die bei der Kripo und einem eingebauten Kleiderschrank. Der Heizkörper unter dem Frisiertisch verbreitete eine angenehme Wärme. Auf dem Tisch lag, neben Schminktöpfchen und Papiertaschentüchern zum Abschminken, der Keuschheitsgürtel. Jacqueline setzte sich an den Schminktisch und sah mich im Spiegel an.

„Jetzt werden Sie sicher wer weiß was von mir denken, nicht wahr?"

„Warum denn? Seien Sie nicht albern. Was soll diese blöde Prüderie? Hatten Sie mich nicht hierher bestellt?"

„Ja, aber ich wollte wieder absagen. Was ich übrigens auch getan habe. Hab ich Ihnen doch erklärt."

„Ja. Jedenfalls bedaure ich's nicht, Ihren Auftritt gesehen zu haben. Hat mir gefallen. Ihre Idee?"

„Nein. Sprechen wir nicht mehr darüber, ja? Manchmal ekle ich mich vor mir selbst. Aber erst kommt das Fressen..."

„Übertragen Sie Ihren Hunger nicht auf mich. Ich bin Ihr Freund, und ich hab keine Vorurteile. Weiß Pauls Vater Bescheid?"

„Ja. Sprechen wir nicht mehr darüber, ja?"

„Gut. Sprechen wir ein wenig über Paul. Ich brauche noch ein paar Informationen. Ich weiß, es tut Ihnen weh, aber schließlich haben Sie mich engagiert, um..."

„Sie haben schon angefangen?"

Sie wurde lebhaft.

„Langsam! Ich kann auch nicht hexen."

„Ja, ja, natürlich."

„Ich warte oben in der Bar auf Sie, ja? Wollte Ihnen nur vorschlagen, in ein ruhiges Bistro zu gehen und dort ein wenig zu plaudern."

„Einverstanden. Ich komme gleich hoch... muß mich nur wieder in ein anständiges Mädchen verwandeln", fügte sie mit einem traurigen Lächeln hinzu.

Die Uhr in der Bar zeigte viertel nach zwölf. Der Barkeeper wartete hinter der Theke und wechselte quer durch den Raum ein paar Worte mit dem Garderobenfräulein. Ich ließ mir einen Wartedrink mixen.

Unten wurde im Chor ein Soldatenlied gegrölt. Bis hinauf in die Bar hallte es dumpf und rhythmisch.

Die Eingangstür wurde geöffnet. Ein Junge und ein Mädchen kamen zusammen mit der kalten Nachtluft herein, beide jung, beide mit Brille, beide im Dufflecoat. Sie stellten sich an die Theke.

„Salut, Georges", sagte der Junge. „Nicht grade warm."

„Salut. Schneit es noch?"

„Nein."

Zum Beweis zeigte der neue Gast auf seinen Mantel.

„Trotzdem ist es nicht warm."

Schien schlechte Laune zu haben, der Kleine.

„Bei der Jahreszeit", sagte der Barkeeper. „Was wollt ihr?"

„Ist Jacqueline schon weg?" fragte das Mädchen.

Ihre müde, schleppende Stimme war genauso bläßlich wie ihre Wangen, die auch die Kälte nicht belebt hatte. Sie nahm ihre Brille ab, um die beschlagenen Gläser zu putzen. Sie hatte tiefe Ringe unter den Augen. Ihr Freund putzte sich ebenfalls die Brillengläser.

„Noch nicht", antwortete der Mann hinter der Theke.

„Dann trinken wir noch was, bis sie kommt."

Der junge Mann betrachtete zerstreut meine Pfeife mit dem Stierkopf, dann sah er auf die Wanduhr.

„Wegen deinem Kram", schimpfte er, „kommen wir zu spät

zu Hubert. Verdammt nochmal! Brauchst du das Buch unbedingt? Kann das nicht bis morgen warten? Ich wette, du nimmst das vor einer Woche nicht in die Hand."

„Du langweilst mich", erwiderte das Mädchen. Das war bestimmt nicht gelogen. „Ich brauch es eben, und ich krieg's nur wieder, wenn ich mir Jacqueline jetzt hier schnappe."

In diesem Augenblick kam Jacqueline herein. Sie küßten sich alle ausgiebig, wie alte Freunde.

„Sag mal", begann das blasse Mädchen, „das Buch, das ich dir geliehen habe... übers Theater... ich hätt's gerne wieder. Können wir's jetzt von dir holen?"

„Jetzt?"

„Ja."

„Sicher..."

Jacqueline sah mich an.

„Macht es Ihnen was aus..."

„Absolut nicht", sagte ich.

„Ach! Der gehört zu dir?" wunderte sich das Mädchen und sah mich erstaunt an.

„Ja. Darf ich vorstellen... Nestor Burma... Yolande Lachal... Gérard Basily."

Wir gaben uns die Hand. Danach schlug ich vor, sie in meinem Auto mitzunehmen... natürlich nur, falls sie kein eigenes hätten... Sie waren tatsächlich zu Fuß hier und nahmen mein Angebot an.

Im Hôtel Jean schlief alles tief und fest. Es lag in der Mitte der abschüssigen Rue Valette, auf der Höhe der Montagne Sainte-Geneviève. Durch die Eingangstür sah man hinten in der Halle einen schwachen Lichtschein, wahrscheinlich aus einem kleinen Nebenzimmer, der Höhle des Nachtportiers. Bevor Jacqueline aus dem Wagen stieg, kramte sie in ihrer Handtasche. Ja, jetzt hatte sie eine große Handtasche bei sich. Sah weiblicher aus als die Mappe vom Nachmittag.

„Verflixt! Ich kann meinen Schlüssel nicht finden. Hoffentlich habe ich ihn nicht schon wieder verloren."

Ihre Stimme klang eine Spur beunruhigt.

„Kannst dir ja den Passepartout vom Portier holen", sagte Yolande.

„Ich möchte Germain nicht wachmachen. Wenn man ihn weckt, wird er ungemütlich. Er ist dann eine Woche lang böse, und man kann nichts mehr von ihm kriegen."

„Ein schöner Nachtwächter!" lachte Gérard. „Er pennt! Ihr könntet alle da drin vergewaltigt werden."

„Red nicht so'n Quatsch. Das ist ein friedliches Hotel. Ob Germain schläft oder nicht... Ah! Da ist er ja. Ich hatte schon Angst... hab ihn erst vor ein paar Tagen verlegt. Ein Glück, daß ich ihn wiedergefunden..."

„Oh, jetzt reicht's aber, Jac", unterbrach Gérard sie ungeduldig. „Das kannst du uns ein anderes Mal erzählen. Ich sollte schon längst bei Hubert im Warmen sitzen. Mir frieren die Ohren ab. Geh rauf und hol das Scheiß-Buch endlich."

Die beiden Freundinnen stiegen aus und gingen ins Hotel. Gérard und ich blieben schweigend zurück. Keiner sagte ein Wort. Beide blickten wir auf die Kuppel des Panthéon am Ende der Rue Valette. Das imposante Gebäude hob sich vor einem klaren, wolkenlosen, aber frostigen Himmel ab.

Plötzlich flog die Eingangstür des Hotels auf. Jacqueline stürzte auf meinen Wagen zu. Sie keuchte, sah gar nicht gut aus.

„Schnell", rief sie mir zu. „Kommen Sie... Sie wissen besser als wir... ich... kommen Sie, schnell..."

„Was ist los?" fragte ich und sprang aus dem Wagen.

„Noch so'n Scheiß!" schimpfte Gérard.

Jacqueline gab keine Antwort, sondern zog mich ins Hotel. Wir kamen an dem Kabuff des Portiers vorbei. Der schnarchte tatsächlich. Wir gingen hoch in die zweite Etage.

„Dort... in meinem Zimmer", sagte Jacqueline und zeigte auf eine halboffene Tür. Ich stieß sie ganz auf.

Yolande saß hinten im Zimmer auf einem Stuhl, aschfahl im Gesicht, aber ein seltsames Lächeln im Mundwinkel. Sie starrte einen Mann im Pyjama unter einem rotweißgestreiften Bademantel an. Er lag auf dem Bettvorleger vor dem zerwühlten Bett.

4.
Der aufdringliche Säufer

Ich beugte mich über den Mann, der verschiedenartige Gerüche verströmte. Mit gleichen Waffen bekämpften sich Haarpomade, Alkohol und etwas Blut, das aus seiner Wunde geflossen war. Er hatte einen hübschen Schlag hinter die Ohren verpaßt gekriegt, war aber nicht tot. Meiner Meinung nach war er schon nicht sehr wach gewesen, bevor er das Bewußtsein verloren hatte. Schien ziemlich besoffen zu sein. Ich richtete mich wieder auf und beruhigte die jungen Leute. Gérard war nachgekommen, rieß seine Augen hinter den Brillengläsern weit auf.

„Kennen Sie den Mann, Mademoiselle Carrier?" fragte ich.

„Das ist Albert. Albert Mauguio. Ein Student, der auch hier wohnt, in der Etage drüber."

„Ein Freund?"

„Wir kennen uns. Ein Nachbar."

„Wohnen hier nur Studenten, in diesem Bau?"

„Fast nur."

„Er braucht einen Arzt. Wenn ich selbst eins draufkriege, weiß ich, wie ich mich verhalten muß. Ich komm dann schon zurecht. Aber bei andern weiß ich mir nicht zu helfen... Wir müssen einen Arzt holen, möglichst unauffällig."

„Was halten Sie davon, Monsieur Burma?"

„Ich passe... Und Sie?"

„Ich weiß nicht. Als wir eben reinkamen, lag er genauso da."

„Wir dachten, er wär tot", stieß Yolande mit ihrer bläßlichen Stimme hervor. „Sind Sie sicher, daß er lebt?"

„Ganz sicher."

Jacqueline ging zu Yolande und legte ihr die Hand auf die Schulter.

„Hat dich ganz schön mitgenommen, hm? Geht's wieder etwas besser?"

„Ja, es geht schon. Mach dir um mich keine Sorgen", sagte Yolande lachend und machte sich los. „Mir ist Aufregung empfohlen worden."

Völlig übergeschnappt, die Kleine! Na schön.

„Übrigens", fing ich wieder an, „ein Medizinstudent könnte das auch. Gibt's hier einen, den Sie holen könnten?"

„André", sagte Jacqueline. „Normalerweise arbeitet er noch um diese Zeit. Aber ich seh mal nach."

Ich beugte mich wieder über den Ohnmächtigen und durchwühlte die Taschen seines Pyjamas. Anscheinend kitzelte ich ihn dabei. Er murmelte etwas und bewegte sich. In den Taschen fand ich ein schmutziges Taschentuch, ein angebrochenes Päckchen Gauloises und Streichhölzer. In der Bademanteltasche einen Passepartout. Ich probierte aus, ob er in das Türschloß paßte. Er paßte.

Ich stopfte meine Pfeife und zündete sie an. Während wir auf Jacqueline und den Zauberlehrling warteten, ließ ich meinen Blick im Zimmer umherwandern.

Das Zimmer war weniger unpersönlich und sachlich, als man es von Hotelzimmern im allgemeinen gewohnt ist. Man spürte die persönliche Note der Mieterin schon an dem Krimskrams, der hier und da rumstand. Oben auf einem gutbestückten Regal stand ein freundlicher Blumenstrauß. Zwischen zwei Regalbrettern erweckte eine rührende Fotosammlung den Eindruck einer Nische. Fotos von Jacqueline ganz alleine, zusammen mit Paul Leverrier, Fotos von Paul Leverrier. Drucke aus Kunst- und Theaterzeitschriften in Glasrahmen schmückten die Wände.

Ich ging zum Nachttischchen. Antik, mit einem Fach für den Nachttopf und einer dicken Marmorplatte. Der braune Fleck an der scharfen Kante war Blut.

Ich hustete. Gérard ebenfalls. Er war meiner Runde durchs

Zimmer mit neugierigem Blick gefolgt und platzte fast vor Ungeduld. Endlich entschloß er sich.

„Was machen Sie beruflich, Monsieur?" fragte er.

„Ich hab immer Langeweile", antwortete ich lächelnd. „Also suche ich nach Möglichkeiten, mich zu amüsieren. Gelegenheiten wie dieser hier..."

Ich zeigte mit dem Fuß auf Mauguio.

„Und wenn ich eine gefunden habe, geh ich andern auf die Nerven."

„Mit anderen Worten: Sie sind Flic."

„Privatdetektiv. Kommen Sie nur nicht auf falsche Gedanken."

Er schnippte mit den Fingern.

„Aha! Sie untersuchen Leverriers Tod?"

„Wie kommen Sie darauf?"

„Jacqueline wollte einen Privatdetektiv einschalten. Also..."

„Ja. Ich untersuche Leverriers Tod. Mademoiselle Carrier glaubt nicht an Selbstmord."

„Sie ist auf dem Holzweg. Es wurde einwandfrei nachgewiesen. Aber schließlich kann man ihr nicht verbieten zu denken, was sie will."

„Kannten Sie Leverrier?"

„Ja. Und ich weiß nicht, wer ihn hätte ermorden sollen und warum. Falls Sie das meinen."

Jacqueline kam zurück.

„Das ist André", stellte sie vor.

Ein dritter Brillenträger betrat die Bühne. Blond, hohe Stirn, ernste Miene, Chirurgenfinger, aber nicht mit Blut, sondern mit Tinte beschmiert. Von den ausgetretenen Pantoffeln abgesehen, war er angezogen, als wollte er ausgehen; allerdings fehlte auch noch der Mantel. Jacqueline hatte ihn wohl von seinem geliebten Studium weggeholt.

Er beugte sich fachmännisch über Mauguio und untersuchte ihn. Der kam nach und nach wieder zu sich. Vielleicht hatte er Angst vor Zauberlehrlingen.

„Der ist besoffen wie tausend Affen", konstatierte der Medizinstudent.

„Wundert dich das?" rief Jacqueline.

„Zum Teufel, nein!"

„Kommt das oft vor?" erkundigte ich mich.

„Oft genug... Ah! Hier, die Verletzung."

Wir kamen um fünf wertvolle Minuten Fachchinesisch nicht herum. Er redete, als würde er gerade geprüft oder als hielte er selbst eine Vorlesung. Dann sprach er wieder wie ein normaler Mensch.

„Wer hat ihn niedergeschlagen?"

„Der Nachttisch", antwortete ich.

„Wie?"

„Der Nachttisch. Sehen Sie her..."

Jacqueline hatte aus dem Badezimmer nebenan für eventuelle Kompressen eine Schüssel mit Wasser geholt und sie auf das Tischchen gestellt. Ich hob die Schüssel von der Marmorplatte.

„Der Fleck... Blut, oder?"

„Ja."

„Er war blau. Stand nicht sehr sicher in den Socken. Ist auf dem Bettvorleger ausgerutscht und auf die Marmorplatte geknallt."

„Ja natürlich. Dieser Blödmann! Hätte sich umbringen können."

„Besoffene haben einen Schutzengel. Da liegt der Beweis..."

Albert Mauguio kam endgültig wieder zu sich. Er rollte einmal rum, klammerte sich an die Bettdecke und setzte sich auf den Teppich, so gut es ging, also mehr schlecht als recht. Er fluchte, wollte sich mit der Hand an den Nacken fassen, gab es aber auf. Er öffnete seine glasigen Augen und sah uns der Reihe nach mit einem ebensolchen Blick an. Er lallte:

„Schw...wweinerei... Ihr hab...pp mich gesch...schlagen."

„Red keinen Quatsch", sagte der Medizinstudent. „Du warst blau. Bist es ja jetzt noch. Und da bist du ausgerutscht."

„Gesch...schlagen."
„Wer, hm?"
„Weiß nich. Ah! Scheiße."
Er mobilisierte alle Kräfte und zog sich auf das Bett.
„Sollte vielleicht schlafen", sagte er etwas deutlicher.
Er wollte sich hinlegen.
Ich packte ihn am Arm.
„Sie sind hier nicht zu Hause, junger Mann."
„Ah? Und wo bin ich?"
„Bei Mademoiselle Carrier. Sie haben sich hier eingeschlichen, mit einem Passepartout. Den hab ich bei Ihnen gefunden, in der Tasche Ihres Bademantels. Und jetzt hauen Sie ab, Mann. Und kommen nicht wieder!"
„Ah? Wer sind Sie denn? Haben Sie mich gesch...lagen?"
„Nein. Niemand hat Sie geschlagen. Aber wenn Sie so weitermachen, hau ich Ihnen tatsächlich was in die Fresse. Vielleicht kommen Sie dann wieder zu sich. Ich bin kein Arzt. Ich hab nur so alte Hausmittelchen. Was haben Sie hier in der Bude überhaupt zu suchen?"
Keine Antwort.
„Hm... Mademoiselle Carrier! War der Kerl vielleicht etwas hinter Ihnen her?"
„Etwas? Viel, wollten Sie wohl sagen", präzisierte Jacqueline. „Hab ihn schon vor einiger Zeit abblitzen lassen."
„Alles klar. Hartnäckiger Bursche. Der Wein hat ihm Mut gemacht. Er wollte Sie überraschen. Ist ihm aber nicht so ganz geglückt. Na schön. Bringen wir ihn rüber, Doktorchen?"
„Tja... ist bestimmt das beste. Einfach in sein Zimmer."
„Und dieses hier desinfizieren. Dann mal los."
Jeder schnappte sich einen Arm des Besoffenen. So beförderten wir ihn in seine Bude. Der Mediziner blieb bei ihm, um ihn nötigenfalls zu verarzten. Immerhin hatte Mauguio einen kräftigen Schlag hinter die Löffel gekriegt, und besoffen war er auch noch. Ich ging in Jacquelines Zimmer zurück. Gérard trug eine Leidensmiene zur Schau. Yolande ging wutschnaubend auf und ab.

„Du hast es verkauft", keifte sie. „Der Band ist 'ne Stange Geld wert. Du hast es verkauft."

„Nein, hab ich nicht", widersprach Jacqueline und suchte weiter in ihrem Regal. „Wirklich nicht!"

Sie hockte sich auf den Boden, sah dann plötzlich unters Bett.

„Ah! Da ist es ja! Siehst du, ich hab's nicht verkauft."

„Hoffentlich ist es nicht versaut. Hätte mir grade noch gefehlt!"

Yolande stürzte auf Jacqueline zu und riß ihr das kostbare Buch aus den Händen.

„Gott sei Dank!" rief sie. „Nichts dran. Aber wirklich, du hast 'ne Ordnung!"

„Dieses Schwein Mauguio muß überall rumgeschnüffelt haben", entschuldigte sich Jacqueline.

„Darf ich mal sehen?" fragte ich.

Widerstrebend überließ mir Yolande ihren Schatz. Sehr luxuriös ausgestattet, bestimmt interessant, aber nicht für mich. Jedenfalls nicht auf den ersten Blick. Ich gab es zurück. Jacqueline kroch halb unters Bett und holte eine leere Flasche Rum hervor.

„Die ist sicher von dem."

„Sicher", stimmte ich ihr zu. „Um sich die Wartezeit zu vertreiben."

„Hätte was ans Buch kommen können", sagte Yolande, im nachhinein besorgt.

„Könntet ihr später darüber diskutieren?" fuhr Gérard dazwischen. „Haun wir endlich ab?"

„Ja, ja", sagte seine Freundin.

„Zusammen oder getrennt?"

„Ich soll Sie wohl fahren, hm?" fragte ich lachend.

„Klar!"

„O.K. Vielleicht trinken wir noch was zusammen? Auf Mauguios Wohl."

„Das *Turkey* hat noch auf, Boulevard Saint-Germain", schlug Jacqueline vor.

„Liegt auf unserm Weg", sagte Gérard. „Sie können uns da rauslassen. Zum Trinken werd ich woanders schon erwartet."
Ich setzte das Brillenpaar an der Ecke Boul' Mich' und Saint-Germain ab. Sie verschwanden in der kalten Nacht.
„Ich hab eigentlich gar keinen Durst", sagte ich zu Jacqueline. „Sie?"
„Oh, ich auch nicht. Aber ich dachte..."
„Ich wollte nur den Anschein wahren. Würde gerne noch ein wenig mit Ihnen plaudern."
„Wenn Sie meinen..."
Jaquelines Zimmer war in unserer Abwesenheit nicht wieder besucht worden. Niemand hatte eine Zirkusnummer aufgeführt. In der nächsten Stunde erzählte mir Jacqueline nichts Neues über ihren toten Ex-Geliebten. Alles, was sie wußte, hatte sie mir schon am Nachmittag gesagt. Ich fragte sie, ob sie noch Sachen von Paul hier habe. Bücher oder Kleider vielleicht. Paul hatte zwar bei seinem Vater gewohnt, aber hier war ihr Liebesnest gewesen. Widerspruchslos ließ sie mich die Reliquien untersuchen.
„Ist alles da?"
„Ja."
„Vielleicht sehen Sie mal nach, ob die Schnapsleiche Ihnen was geklaut hat. Aus dem Regal oder so."
„Es fehlt nichts."
„Sind Sie sicher? Jetzt ist er uns nicht gewachsen. Wenn er was mitgenommen hat, könnten wir's ihm leicht abnehmen."
„Es fehlt nichts", wiederholte sie. „Außerdem... er hätte es eben doch noch bei sich gehabt, wenn er irgendwas geklaut hätte, oder? Sie haben ihn doch durchsucht..."
„Stimmt." Ich lachte. „Sagen Sie, Sie denken jetzt bestimmt, daß ich so als dynamischer Detektiv nicht grade explodiere, hm?"
„Das würde ich mir nie erlauben..."
„Hat man Ihnen nicht erzählt, daß ich gut arbeite auf meinem Gebiet?"
„Nein, aber ich nehm's an."

„Warum haben Sie sich eigentlich ausgerechnet an mich gewandt?"

Sie lächelte.

„Ich hab mir das Branchenverzeichnis vorgenommen. Hätte genausogut einen andern anrufen können."

„Ja, den erstbesten."

„Aber ich bin froh, daß ich Sie angerufen habe. Ich hab Vertrauen zu Ihnen, und Sie sind auch nicht der erstbeste, glaub ich."

„Doch. Alphabetisch. Sie sind sehr nett, aber vielleicht etwas verquatscht. Ihre Absicht, einen Privatdetektiv zu engagieren, war kein Geheimnis. Gérard hat's mir erzählt."

„Oh! Ja, ich hab darüber gesprochen, natürlich. War das nicht gut?"

Ich hob die Schultern.

„In meinem Beruf weiß man nie so genau, was gut ist oder nicht. Sprechen wir nicht mehr darüber. In Zukunft bringen Sie aber besser nicht unter die Leute, was ich Ihnen vielleicht berichten werde. Versprochen?"

„Versprochen."

„Schön. Jetzt muß ich gehen. An Ihrer Stelle würd ich einen Riegel an der Tür anbringen lassen. Um Mauguio an seiner nächsten Offensive zu hindern."

„Werd dran denken."

„Ich seh mal nach, wie's ihm geht. Gute Nacht, Mademoiselle Carrier."

„Gute Nacht, Monsieur Burma."

Ich ging zu Mauguio. Zusammen mit einem Lichtstrahl drangen zwei verschiedene Schnarchtöne unter seiner Zimmertür in die Stille des dunklen Korridors. Gut. Arzt und Patient waren eingeschlafen. Ich ließ sie weiterschnarchen und verließ das Hotel. Am Steuer meines Wagens stopfte ich mir eine Pfeife. Jacqueline, vergessen Sie nicht den Riegel für Ihre Tür! Um Mauguio an seiner nächsten Offensive zu hindern... oder jemand anderen.

Ich ließ den Motor an und fuhr in Richtung Heimat.

5.
Der Vater des Selbstmörders

Am nächsten Morgen stand ich um neun Uhr auf. Ich hatte schlecht geschlafen, fühlte mich aber topfit. Es schneite nicht mehr. Über Paris schien eine beinahe frühlingshafte Sonne. Trotzdem war es ziemlich kalt. Ich setzte mich ins Auto und fuhr in Richtung Quartier latin. Wollte diesem Mauguio ein paar Fragen stellen, dem Kerl, der sich den falschen Moment ausgesucht hatte, um der Frau seiner Träume eine Überraschung zu bereiten. In der Nacht konnte man im Hôtel Jean wie in einem Taubenschlag aus- und eingehen. Tagsüber war das sicher auch nicht viel anders, aber der Concierge schlief nicht. Ich mußte mir also eine Erklärung ausdenken, da er mir ein fragendes sowie unrasiertes Kinn entgegenreckte.

„Zu Mademoiselle Carrier, bitte", versuchte ich es anstatt einer Losung.

„Zweite Etage, Nr. 12. Hat sie heute Sprechstunde? Na ja, ich will nichts gesagt haben. Hier ist Haus der Offenen Tür. Die nette Kleine hat soviel Pech gehabt."

„Ich weiß. Ihr Verlobter, nicht wahr?"

„Ja. Hat sich einfach umgebracht..."

Er sah vorsichtig zur Treppe.

„Der Idiot!" schimpfte er.

„Kannten Sie ihn?"

„Na ja..."

Wieder ein Blick zur Treppe.

„Kam ja oft genug hierher."

Ich stellte ein kleines Verhör an mit dem Wachhund, erfuhr aber nichts Neues. Er redete sehr viel, sagte aber nichts über den Vorfall von heute nacht. Anscheinend wußte er gar nichts davon. Ich ließ ihn mit seiner Arbeit und den verstohlenen Blicken allein und ging in die dritte Etage zu dem ramponierten Saufbold. Auf dem Flur traf ich Jacqueline.

„Oh! Monsieur Burma!" rief sie. „Wollten Sie zu mir?"

„Nein, ich wollte nach Ihrem Verehrer sehen. Heute nacht hatte er schon geschlafen. Diese Schläge auf den Hinterkopf..."

„Ich war gerade bei ihm. Ich... Ich habe mir auch Sorgen gemacht. Ist vielleicht dumm... weil ich ihn nicht sympathisch finde, aber... na ja. Ich hab Dr. Leverrier angerufen. Der soll ihn mal untersuchen."

„Pauls Vater?"

„Ja..."

Sie nahm meine Hand.

„Er ist grad da. Kommen Sie, ich stell Sie ihm vor... oder..."

Sie ließ meine Hand wieder los.

„Oder was?"

„Vielleicht möchten Sie das nicht... Ich weiß nicht... Ich weiß nicht, wie Sie vorgehen bei Ihrer Arbeit."

„Für meine Ermittlungen muß ich mit allen Leuten sprechen, die mit Paul zu tun hatten. Besser, man macht das, wenn sich die Gelegenheit dazu bietet. Würde mich freuen, ihn kennenzulernen."

Wir gingen in Mauguios Zimmer. Unser Kavalier neuerer Schule lag im Bett, am Hinterkopf einen dicken Verband. Er sah jämmerlich aus, wie von Amors Pfeil getroffen. Dr. Leverrier stand am Kopfende, André als Assistent daneben.

„Sehr gut", sagte der Ältere. „Sie haben das Richtige getan. Ich bin zwar eigentlich Gynäkologe, hab also im allgemeinen mit anderen Beulen zu tun. Aber ob ein Patient in den letzten Zügen liegt oder nicht, kann ich beurteilen... Sie haben ganz schön was abgekriegt, mein Lieber", sagte er zu Mauguio und tätschelte ihm den Arm. „Ein kräftiger Schlag. Aber mehr auch nicht. Sterben werden Sie nicht."

Jetzt drehte er sich zu uns um. Ein Mann von fünfzig Jahren, entsprechend gekleidet, gutaussehend, kalte Augen, strenger Gesichtsausdruck. Genau distanziert wie auf den Fotos, die ich von ihm gesehen hatte. Aber man soll nicht immer nach dem Äußeren gehen. Sein Scherz mit den Beulen verriet einen gewissen Sinn für Humor. Und wenn Jacqueline die Wahrheit gesagt hatte, dann wußte er von der etwas gewagten Nummer des Mädchens bei *Colin des Cayeux*. Daß er dennoch sofort gekommen war, um den Verletzten zu untersuchen, zeigte, daß er es ihr nicht übelnahm. Drei Punkte für ihn: Sinn für Humor, keine Vorurteile und hilfsbereit. Trotzdem versteckte er diese menschliche Wärme und tarnte sich als Stachelschwein.

„Dr. Leverrier", sagte Jacqueline, „ich möchte Ihnen Monsieur Burma vorstellen, den Detektiv."

„Ach! Guten Tag." Leverrier gab mir die Hand. „Mademoiselle Carrier hat mir schon von Ihnen erzählt."

Sofort drehte er sich wieder um und gab dem Medizinstudenten letzte Anweisungen. Dann nahm er seinen Hut und schob Jacqueline und mich aus dem Zimmer.

„Er braucht Ruhe", erklärte er draußen.

Wir gingen zusammen in die zweite Etage. Vor Jacquelines Zimmer verabschiedete er sich von uns.

„Auf Wiedersehn, meine Kleine. Monsieur Burma..."

Er sah mich an.

„Ich geh auch", sagte ich. „Wollte nur mal nach Mauguio sehen."

„Ja, dann..."

Unten auf der Rue Valette knöpfte er sorgfältig seinen Mantel zu und schlug den Kragen hoch. Ein unangenehmer Wind blies uns von der Montagne Sainte-Geneviève ins Gesicht.

„Ich würde mich gerne mit Ihnen unterhalten", sagte Leverrier.

„Einverstanden."

„Bei mir vielleicht? Dort sind wir ungestört. Sind Sie mit dem Wagen da?"

„Ja."

„Ich auch. Ich wohne am Boulevard Saint-Michel. Gegenüber der Rue Auguste-Comte. Treffen wir uns dort. Dritte Etage."

Die Tauben im Luxembourg übten Tiefflug über der nackten Frau, die auf ihrem Sockel lag, von Fieber geschüttelt. Glücklicherweise ist sie an die Stelle der zwei Chemiker getreten, der Entdecker des Chinin und Wohltäter der Menschheit: Pelletier und Caventou oder Pelztier und Kaviar oder Tierkadaver und Kapelle oder so ähnlich. Das Denkmal mußte von Leverriers Wohnung aus zu sehen sein.

Nach unserem Verfolgungsrennen trafen wir uns im Hausflur wieder. Oben in der dritten Etage führte der Arzt mich in eine weiträumige, luxuriös ausgestattete Bibliothek und ließ mich dann ein paar Minuten alleine. Auf dem Tisch lag ein Buch. Ich nahm es und sah's mir an. Ein wundervolles Exlibris: ein Ritter in seiner Rüstung schützte mit seinem Blechkram einen Knirps im Adamskostüm und warf den Fehdehandschuh einem Skelett zu, das auf einem Thron saß, zu Tode gelangweilt. Und schon kam mein Gastgeber zurück. Hinter ihm ein Dienstmädchen reiferen Alters mit verschiedenen Erfrischungen. Sie stellte das Tablett auf den Tisch und verschwand wieder. Leverrier goß uns was ein, setzte sich und bot mir einen Sessel an. Dann runzelte er die Stirn.

„Was ist davon zu halten, Monsieur Burma? Ich meine von diesem Studenten, bei dem wir eben waren. Mademoiselle Carrier ist sehr nett... sympathisch... Ich tu ihr gerne einen Gefallen. Aber ich glaub, sie gehört zu den Leuten, denen immer irgendetwas zustößt."

„Sie ist verführerisch und aufreizend", sagte ich. „Mauguio ist verrückt nach ihr. Ständig oder nur, wenn er besoffen ist. Läuft aber anscheinend auf dasselbe hinaus. Gestern nacht wollte er sie überraschen. Dringt bei ihr ein, und wenn sie nach Hause kommt... Der übliche Trick. Gestern nacht reichte es aber nicht mehr für Zudringlichkeiten. Blau, wie er war, ist er gestürzt und mit dem Hinterkopf auf die Nachttischplatte geknallt. Als Jacqueline ins Zimmer kam, war er ohnmächtig."

„So hat sich das abgespielt?"

„Ich war nicht dabei, aber..."

„Wissen Sie... ich hab mich nämlich gefragt, verstehen Sie... Vielleicht konnte dieser Mauguio doch noch zudringlich werden... Jedenfalls war das seine Absicht... Und Mademoiselle Carrier hat sich verteidigt. Vielleicht hat sie ihm was auf den Schädel gegeben, oder sie hat ihn von sich gestoßen, und er ist unglücklich gefallen. Ich mag das Mädchen. Es täte mir leid, wenn die Geschichte Konsequenzen für sie hätte. Und ich persönlich will mich aus solchen Geschichten raushalten. Ich hab meine eigenen..."

„Ich war dabei, als Mademoiselle Carrier den Betrunkenen auf ihrem Bettvorleger gefunden hat."

„Sie hat's mir gesagt, aber... Na gut, Sie beruhigen mich. Obwohl..."

Er trank einen Schluck.

„... der Medizinstudent hat mir gesagt, daß Mauguio behauptete, niedergeschlagen worden zu sein."

„Sie sind Arzt, Monsieur. Sie haben den... das Opfer untersucht."

„Ach, wissen Sie! Für mich ist ein Schlag ein Schlag. Die Gerichtsmediziner haben ein geschultes Auge für solche Sachen. Mir jedenfalls hat Mauguio nichts dergleichen erzählt. Er hat überhaupt nichts erzählt. Gedächtnisverlust durch Alkohol, verstehen Sie? Er erinnert sich an nichts."

„Heute Gedächtnisverlust und gestern Halluzinationen und Gelalle eines Besoffenen."

„Bestimmt. Möchte nur wissen, warum ich mir seinetwegen den Kopf zerbreche. Sein Zustand ist nicht ernst. Morgen ist er wieder auf den Beinen. Übrigens... darüber wollte ich eigentlich gar nicht mit Ihnen reden, Monsieur. Ich hab was anderes auf dem Herzen, sehr viel schmerzlicher für mich... und vielleicht wollte ich nur ablenken..."

Er bedeckte seine Augen mit der Hand.

„Sehr viel schmerzlicher", wiederholte er. „Wenigstens für mich."

„Ich verstehe, Monsieur. Ihr Sohn..."
„Ja. Mademoiselle Carrier hat mir vor kurzem von ihrer Absicht erzählt, einen Privatdetektiv zu engagieren. Sie ist nämlich davon überzeugt, daß mein Sohn umgebracht wurde. Und Sie sollen den oder die Mörder finden?"
„Ja, Monsieur."
„Also sind Sie auch ihrer Meinung?"
„Keineswegs."
„Wie... also... das versteh ich nicht."
„Ich werd's Ihnen erklären. Mademoiselle Carrier ist mir sympathisch. Und deshalb bin ich dabei, sie zu... sagen wir... zu betrügen. Sie bezahlt mich für etwas, was ich nicht vorhabe zu tun. Denn ich kann mir die Arbeit sparen. Ihr Sohn hat Selbstmord verübt. Es sei denn, Sie, Monsieur, zweifeln auch daran."
„Aber nein."
„Ich tu so, als teile ich die Ansicht von Mademoiselle Carrier und hoffe, daß das Mädchen mit der Zeit Vernunft annimmt. Solange sie meint, Ihr Sohn sei ermordet worden, wird sie leiden. Sie wird dafür leben, ihn zu rächen, die Mörder der Gerechtigkeit auszuliefern. Jetzt, in ihrem Unglück, darf man ihr nicht beweisen, daß Ihr Sohn tatsächlich Selbstmord verübt hat – was der Kripo übrigens nicht gelungen ist. Sie wäre imstande, sich ebenfalls umzubringen. Aber mit der Zeit wird sich das schon legen. Diese unsinnige, unvernünftige Idee, ein Mord... Ich betrachte das nur als Sicherheitsventil. Vielleicht weiß sie im Unterbewußtsein, daß sie nur so weiterleben kann. Man könnte das als Überwindung einer Krankheit betrachten. Entschuldigen Sie, Monsieur. Sie sind der Arzt, und ich rede daher wie ein Psychoanalytiker."
Er seufzte.
„Hätt' ich, o Götter, in dieser Seele lesen können. Obwohl... das hätte bestimmt auch nichts verhindert. Denn mein Sohn... ja, er hat sich tatsächlich das Leben genommen. Warum, weiß man nicht. Nur ich... ich weiß es... ich glaub es zu wissen..."

Er schwieg. Ich auch. Er nahm einen Schluck und fuhr dann fort:

„Vor drei Jahren ist seine Mutter gestorben. Er betete sie an, wie er mich übrigens auch anbetete. Es war für ihn ein unermeßlicher Verlust. Aber er hatte immer noch mich. Wir haben uns zwar ein wenig vernachlässigt, gegenseitig... aber ich hatte sein Vertrauen. Aber dann... hat er's verloren... an dem Tag, an..."

Er lachte unangenehm auf.

„Ich bin ein miserabler Arzt, Monsieur. Ein ganz gewöhnlicher Geburtshelfer, eine männliche Hebamme... Denn als Arzt... Ich konnte nicht mal meiner Frau helfen. Und als Paul das erfuhr, war für ihn auch sein Vater gestorben."

Wieder machte er eine Pause. Ich unterbrach sein Schweigen nicht.

„Lucile hatte Typhus", fuhr er mit tonloser Stimme fort, beherrschte sich nur mühsam. „Ich war nicht in der Lage, sie zu heilen. Stirbt man heutzutage noch an Typhus, Monsieur? Ja, wenn man sich von einem Esel behandeln läßt. Tja."

Er goß sich was nach, trank aber nicht.

„Tja. Entschuldigen Sie. Ich hab mich hinreißen lassen. Ich frag mich, warum ich Ihnen das alles erzähle. Denn das war's auch nicht, was ich von Ihnen wollte. Was ich eigentlich wollte, weiß ich nicht so ganz genau..."

Er stand auf. Ich folgte seinem Beispiel.

„Aber er war mein Sohn", sagte er. „Es ist normal, daß ich mit Ihnen reden und Sie nach Ihren weiteren Schritten fragen wollte. Denn schließlich hat Mademoiselle Carrier Sie damit beauftragt, sich um meinen Sohn zu kümmern."

„Na ja... für ihn kann ich jetzt leider nichts mehr tun. Ich versuche nur, dem Mädchen zu helfen, das ihn geliebt hat."

Mit diesem Schlußwort verabschiedete ich mich.

Das war alles sehr schön. Paul Leverrier hatte sich das Leben genommen. Ich hoffte, daß der Grund dafür seine Sensibilität war, die das Unglück nicht verkraften konnte. Erst der Tod seiner Mutter, dann der Sturz des Idols: die Entdekkung, daß sein Vater nicht mal ein Halbgott in Weiß war. Mir sollte es recht sein. War nicht das erste Mal, daß ein Arzt sich bei seinen nächsten Angehörigen in der Ernsthaftigkeit einer Krankheit getäuscht hatte. Kein Grund, ein Drama draus zu machen. Aber mir wär's schon recht gewesen. Trotzdem... In Jacquelines Umgebung ereigneten sich seltsame Dinge. Hatte vielleicht alles mit dem tragischen Tod ihres Geliebten nichts zu tun; aber es interessierte mich, und ich wollte diesen seltsamen Dingen auf den Grund gehen. Ich ging zu meinem Wagen, den ich in der Rue Henri-Barbusse geparkt hatte, und fuhr in Richtung Rue Valette. Unterwegs kaufte ich eine Flasche Scotch. Damit betrat ich zum zweiten Mal heute morgen das Hôtel Jean. Der Concierge begrüßte mich wie einen alten Bekannten. Ich ging sofort hinauf zu Mauguio. Der Schlüssel steckte. Ich ging hinein. Mauguio lag immer noch im Bett. Er schien sich zu langweilen. Er war alleine.

„Salut", sagte ich. „Wie geht's der Beule? Ich weiß nicht, ob Sie mich wiedererkennen. Aber ich war gestern nacht dabei, als Jacqueline Sie auf ihrem Bettvorleger gefunden hat. Nestor Burma ist mein Name. Ein Gläschen für die trockene Kehle? Davon braucht keiner was zu wissen". Ich zeigte ihm die Flasche. „Gehört zu meinen Hausmitteln."

„Gläser finden Sie auf der Ablage im Badezimmer", sagte er, schon überredet.

Kurz darauf hielten wir jeder ein Glas in der Hand. Unzerbrechlich, „dura lex". Der Junge studierte bestimmt Jura.

„Jetzt erzählen Sie mal, wie das passiert ist", fordert ich ihn auf.

Er seufzte. Würde er ja gerne, schon aus Dank für die schottische Medizin. Aber gestern war er so blau gewesen, daß er sich an nichts mehr erinnerte. Und durch den Schlag war's auch nicht besser geworden. Ich versuchte, ihm auf die Sprünge zu helfen. Nur um sicher zu gehen. Ein paar Einzelheiten, die nur er mir liefern konnte, hätten sich nicht schlecht gemacht, aber im großen und ganzen hatte ich für mich schon Licht ins Dunkel gebracht. Apropos Licht...

„Als Sie in Jacquelines Zimmer kamen, brannte da Licht?"
Er dachte kurz nach, nahm einen Schluck.
„Ja, ich glaub schon... hm... doch, es brannte Licht."
„Fanden Sie das nicht merkwürdig?"
„Ach, wissen Sie, ich war so stinkbesoffen! Hab so gut wie nichts mehr mitgekriegt. Und wenn man blau ist, wundert man sich über gar nichts. Man nimmt es gar nicht mehr richtig auf."
Er kannte sich anscheinend gut aus mit diesem Zustand.
„Aber, sagen Sie mal", fügte er hinzu, „was soll das mit dem Licht?"
„Entweder hat es Jacqueline brennen lassen, oder es war außer Ihnen noch jemand im Zimmer. Denken Sie in Ruhe darüber nach. Versuchen Sie, sich an so viele Einzelheiten wie möglich zu erinnern. Und teilen Sie Ihre Erinnerungen nur mir mit. Ich komm wieder vorbei."
Ich ließ ihm die Flasche da und haute ab.

Da ich mich schon mal um Kranke kümmerte, rief ich Hélène von einem Bistro in der Rue des Ecoles aus an.
„Wie geht's?" fragte ich.
„Sehr gut. Sie können mich wieder küssen."
„Von wegen! Um mir den Tod zu holen!"
Sie lachte schon wieder:
„Verliebt, aber keinen Mut, hm?"
„Na gut. Ich komme."
„Können Sie ruhig. Und keine Angst. Ich wollte Sie nur auf die Probe stellen."
„Das wollen in den letzten Tagen mehrere."
„Ach! Das müssen Sie mir erklären. Ich bin gesund, wirklich. Mein Arzt sagt, gestern haben die Bazillen zum letzten Mal angegriffen. Hab sie erfolgreich abgewehrt. Jetzt bin ich etwas schlapp, aber ich stelle keine öffentliche Gefahr mehr dar."
„Bin sofort bei Ihnen. Machen Sie sich etwas hübsch, aber bleiben Sie im Bett. Man kann nie wissen."

„Was kann man nie wissen, Monsieur Draufgänger?"
„Sie könnten einen Rückfall bekommen, wenn Sie aufstehen."
„Einen Rückfall! Was für ein hübsches Wort!"

Das Zimmer roch weniger nach Medikamenten als nach Hélènes Parfüm. Das schöne Kind lag im Bett, gegen einen ganzen Haufen Kissen gelehnt. Wache Augen, verführerisches Lächeln, aber genauso blaß wie Yolande – vielleicht hatte die auch gerade eine Grippe überstanden. Über dem Nachthemd trug Hélène ein Angorajäckchen, an Handgelenken und Hals enganliegend. Wirklich 'ne riesengroße Gemeinheit, so eine Grippe.
„Langweilen Sie sich sehr im Büro?" fragte Hélène.
„Werd wohl bald genug Spaß kriegen."
Ich setzte sie ins Bild.
„Wenn ich das richtig verstehe", zog sie Bilanz, „dann zweifeln Sie nicht am Selbstmord von Paul Leverrier. Sie wissen nur nicht, warum er sich das Leben genommen hat. Und Sie glauben, Mauguio ist niedergeschlagen worden."
„Jawohl. Gestern nacht wollte ich mich vor allen Leuten nicht darüber auslassen. Deswegen hab ich die Version mit dem Sturz gegen den Nachttisch in die Welt gesetzt und Mauguios Worte als besoffenes Gelalle hingestellt. Aber für mich ist er niedergeschlagen worden. Das muß etwa folgendermaßen vor sich gegangen sein: Als er aus bekannten Gründen in Jacquelines Zimmer kommt, ist schon jemand da. Dieser Jemand flüchtet vor Mauguio ins Badezimmer. Dort kann er nicht ewig bleiben. Nach einiger Zeit kommt er raus, der andere merkt es nicht, und setzt Mauguio außer Gefecht. Dann beschmiert er die Marmorplatte sorgfältig mit Blut, damit es wie ein Unfall aussieht."
„Und was machte Ihr Jemand im Zimmer der Stripperin?"
„Der hat irgendwas gesucht, was mit Pauls Tod in Zusammenhang steht... oder auch nicht. Aber gesucht hat er was. Die Bücher im Regal lagen durcheinander, und Yolandes Buch

lag unter dem Bett. Ich weiß nicht, ob er gefunden hat, was er suchte. Mitgenommen hat er jedenfalls nichts. Jacqueline vermißt nichts, weder von ihren eigenen noch von Pauls Sachen."

„Und was haben Sie jetzt vor?"

„Pauls Freunde aufsuchen und darauf warten, daß Mauguio sich an irgendetwas erinnert. Ich muß herausfinden, wer ihn niedergeschlagen hat. Am besten fang ich mit Van Straeten an, dem zwielichtigen Magier, von dem mir Inspektor Masoultre erzählt hat. In den Zeitungen stand damals auch was über ihn."

„An Ihrer Stelle würde ich mit Yolande beginnen."

„Mit Yolande?"

„Ja, wegen des Buches. Sie haben es nur oberflächlich durchgeblättert. Vielleicht war doch was Wichtiges drin."

„Glaub ich nicht, aber ich kann's mir trotzdem mal genauer ansehen."

6.
Die Magie des Magiers

Im Quartier latin machte ich mich auf die Suche nach Yolande. Ich ging in fast alle Studentenkneipen, aber ohne Erfolg. Keine Yolande und auch kein Gérard. Jacqueline hätte mir vielleicht helfen können, aber ich konnte sie nicht erreichen. Also entschloß ich mich, Van Straeten aufzusuchen. Ich besorgte mir seine Adresse von meinem Freund Marc Covet, dem trinkfreudigen Journalisten. Damals hatte er im *Crépuscule* über den Magier geschrieben, eine der letzten pittoresken Gestalten des Quartier latin. Früher hatte es davon gewimmelt, aber seit einiger Zeit wurden sie immer seltener. Marc Covet kannte die Adresse von Van Straeten. Rue Rollin.

Ich ließ mein Auto an der Rue des Arènes stehen, überquerte die Rue Monge und stieg die Treppe zur Rue Rollin hinauf. Zwischen zwei baufälligen Häusern kam ich durch ein Tor auf einen Hof mit verkümmerten Bäumen. Hier wohnte also dieser Holländer, ganz hinten in einem niedrigen Pavillon. Die Tür wurde scheinbar von einem Windfang aus Glas gegen Wind und Kälte geschützt. Mehrere Scheiben fehlten. Auf dem schönen Rot der Tür prangte ein Schild mit dem Namen des Mieters, darunter geheimnisvolle Zeichen. Eine Klingel gab es nicht, dafür einen antiken Türklopfer: eine Hand mit einer dicken Kugel. Das Kupfer von Schild und Klopfer mußte unbedingt mal blankgeputzt werden. Die Hand war mit Grünspan bedeckt, sah giftig aus, halb verrottet. Ich hob sie ganz vorsichtig an und ließ sie wieder fallen. Keine fünf Sekunden später stand der Kerl vor mir. Mit einer Hand hielt er sich an der Tür fest, mit der andern am Türrahmen. Sah aus, als wollte er mich nicht reinlassen.

„Monsieur Van Straeten?" fragte ich.
„Höchstpersönlich. Sie wünschen?"
Seine Stimme klang hinterhältig, einschmeichelnd, leicht schmierig. Passend zu dem, der sprach. Schwer zu sagen, wie alt er war. Mittelgroß, gutgeschnittene, aber schmuddelige Tweedjacke, schwarzes Hemd ohne Krawatte. Vielleicht war das Hemd ursprünglich nicht schwarz gewesen. Überraschenderweise korkenzieherte seine Hose nicht. Bestimmt ein Versehen. Der Kerl hatte ein ausgemergeltes, fast asketisches Gesicht. Sein Kinn schmückte ein rötlicher Bart, seinen Kopf üppige Locken. Sein Blick war verschwommen, verschlagen, so als bedeckten häßliche Flecken die Augäpfel. Der Blick von jemandem, der sich bei Schulschluß am Collège Sévigené rumtreibt, eine Zeitung vor dem Bauch, um seine schlampige Kleidung zu verbergen, bis daß die Gelegenheit günstig ist. Seine Hände erinnerten in vielerlei Hinsicht an den Türklopfer: schön, feingliedrig, mit langen dünnen Fingern. In Eau de Javelle getaucht und mit Stahlwolle abgebürstet, hätten sie mit den geweihten Händen eines Erzbischofs konkurrieren können. Der Junge gefiel mir auf Anhieb. Mein Instinkt sagte mir, daß ich mit ihm nicht viel Zeit vergeuden würde.

„Ich möchte Ihr Wissen in Anspruch nehmen", sagte ich im Tonfall eines Trottels, den man ordentlich zur Ader lassen kann.

Er schien zu überlegen. Schließlich bat er mich herein. Wir gingen durch einen Vorraum und kamen in eine Art Arbeits-, Sprech- oder Empfangszimmer. Auf dem Boden lag ein bunter Teppich. Es war alles nicht besonders sauber, aber ich hatte es mir schlimmer vorgestellt. Die Möbel sahen gar nicht mal so billig aus. Der riesige Eichentisch war echt, genauso wie die drei Stühle. Verschiedene Tierkreislichter leuchteten an der Wand. Zwischen zwei verglasten Regalen hing ein längliches Bild: eine nackte Frau mit tollen Brüsten über einem schlafenden jungen Mann, der von der Gefahr nichts ahnte. Sollte nämlich eine Brust abfallen, wäre es um den Jungen geschehen. War das nun Morpheus nach einer Geschlechtsumwandlung? Oder *Die Jugend und der Traum*? Oder ein Physiker, der sich mit dem Problem der Satelliten herumschlägt? Oder ganz einfach ein schlafender Mann und eine nackte Frau, nichts weiter? Die einfachsten Erklärungen sind manchmal die besten. In einem Winkel des Zimmers stand ein Globus auf einem Dreifuß. Ein Vorhang verdeckte den Durchgang zu einem weiteren Zimmer. Daneben stand eine Uhr in Marschrichtung, mit schwingendem Pendel und lautem Ticktack. Links davon eine ausgestopfte Eule, rechts der unvermeidliche Totenkopf. Hinter einem Stapel Bücher sah ich ein Straßenschild, die Trophäe eines nächtlichen Streifzugs von Studenten. Das Schild nahm dem Rest der Einrichtung viel von seiner Ernsthaftigkeit, wenn man das alles überhaupt ernstnehmen konnte.

„Setzen Sie sich, Monsieur", sagte Van Straeten. „Monsieur... Ich hab Ihren Namen nicht richtig verstanden."

„Martin. Arthur Martin."

Er setzte sich hinter den Tisch, auf dem ein ganzer Stapel Zeitungen lag, vor allem der *Figaro*. Ich setzte mich ebenfalls.

„Wer hat Sie zu mir geschickt?" fragte der Scharlatan.

„Niemand."

„Aber irgendwoher haben Sie doch meine Adresse?"

„Sicher. Ich weiß nicht mehr, in welcher Zeitung ich sie gelesen habe, etwa vor einem Monat... weiß nicht mehr genau, worum's da ging... Selbstmord, glaub ich."

Unauffällig beobachtete ich ihn. Ich meinte, er zuckte zusammen. War mir aber nicht sicher.

„Kurz", fuhr ich fort, „ich hab mir Ihre Adresse notiert, für alle Fälle. Damals litt ich schon unter Asthma. Ich war mir sicher, eines Tages würde ich alle Ärzte zum Teufel schicken."

„Sie haben Asthma?"

„Ja, von Zeit zu Zeit. Anfallartig. Das kommt von den Nerven. Und kein Arzt konnte mir bis jetzt helfen. Die Pillen haben mir nur den Magen kaputtgemacht. Und dann das Luftschlucken! Asthma und Luftschlucken, hat beides was mit der Luft zu tun, aber... Nun, ich denke, Sie sind Heilpraktiker..."

In diesem Augenblick klopfte es an der Tür. Besuch. Van Straeten runzelte die Stirn. Erneutes Klopfen. Der Besuch hatte es eilig. Van Straeten stand auf und ging öffnen. Ich blieb alleine. Kurz darauf hörte ich Stimmen, dann Lärm wie bei einer Drängelei. Ich stand jetzt ebenfalls auf, wollte sehen, was da los war. Die Tür zum Zimmer wurde heftig aufgestoßen, knallte gegen die Wand. Ein Bild fiel runter. Ein weiteres Bild: Van Straeten, mit zerzaustem Bart, wurde in sein Allerheiligstes zurückgestoßen, schneller, als ihm lieb war. Ein junger großer Kerl hatte ihn am Schlafittchen gehabt.

„Aha!" sagte der Neue, als er mich sah. „Kleine Besprechung, hm?"

„Besuch", antwortete ich mit meinem dümmsten Gesicht.

Er stieß die Tür mit dem Fuß zu, kam auf mich zu und beugte sich runter. In seinen Augen lagen gleichzeitig Wut und Trauer. Er lachte.

„Mensch, Sie haben eine Visage... damit können Sie kleine Mädchen vernaschen. Hat dieses Schwein..."

Er zeigte auf Van Straeten. Der hatte sich um die Standuhr gerollt und wartete auf irgendein Zeichen, um wieder aufzustehen.

„Hat dieses Schwein Sie noch nicht dazu überredet?"

Er wartete die Antwort nicht ab. Gab's darauf überhaupt eine? Plötzlich stürzte er sich auf den Magier, stellte ihn schonungslos auf die Beine und gab ihm ein paar gepfefferte Ohrfeigen. Dabei lachte er den Armen aus.

„Das ist nur die Anzahlung, alte Drecksau! Heute kriegst du Ohrfeigen, morgen hau ich dir die Fresse blau. Und wenn du dann immer noch nicht kapiert hast, bring ich dich um. Klar? Da, hab deine Fotos mitgebracht. Kannst sie dir in die Haare schmieren. Aber nicht woanders hin. Klar?"

Er holte einen Umschlag aus seiner Tasche und warf ihn auf den Schreibtisch. Der Umschlag landete auf dem Zeitungsstapel, rutschte dann weiter und fiel zu Boden. Die Fotos lagen verstreut vor meinen Füßen. Ich rührte mich nicht.

„Hast du verstanden?" fragte der neue Gast und schubste Van Straeten in einen Sessel.

„Hast du verstanden?" wiederholte er. Ich war für ihn Luft. In seiner Raserei hatte er meine Anwesenheit völlig vergessen. Der Hausherr kriegte noch eine geknallt.

„Hast du mich verstanden?"

„Ja, ja", stammelte Van Straeten.

„Ja, und weiter?"

„Ja, Monsieur."

„Monsieur ... hm?"

„Monsieur de Bugemont. Ja, Monsieur de Bugemont."

„So ist brav, Kleiner."

Er ließ von seinem Opfer ab, ging um den Schreibtisch herum und schlug mit der flachen Hand auf den Zeitungsstapel.

„Immer noch gepflegte Lektüre, hm? Die Klatschspalte im *Figaro*."

Unvermittelt stürzte er sich wieder auf Van Straeten. Der „Holländer" zuckte zurück.

„Na, na! Brauchst doch keine Angst zu haben. Ich schlag dich nicht mehr, heute. Bin jetzt ganz friedlich."

Das stimmte tatsächlich! Er redete ruhig weiter:

„Wollte dir nur sagen: bei mir kannst du nichts mehr werden. Bevor du die Bilder meiner zukünftigen Frau zeigst, hab ich lieber die Verlobung gelöst. Du hast das Huhn geschlachtet, das goldene Eier legt, du Arschloch. Sie hatte nämlich die Moneten. Eine Geldheirat. Du siehst, ich bin auch 'ne kleine Sau, aber trotzdem nicht so völlig verkommen. Ich hätte bis nach der Hochzeit warten und dich dann mit ihrem Geld bezahlen können. So ein Verhalten fand ich aber unter meiner Würde. Hab mich lieber entlobt. Aber ich begreif deine Taktik nicht so ganz. Warum hast du mir vor der Heirat gesagt, was du vorhattest? Hat dir irgendwas die Birne vernebelt? Na ja, scheißegal. Du siehst, ich kann dich behandeln, wie *ich* will. Das wollte ich mal so richtig klarmachen. Hast du das kapiert, du Scheißkerl?"

„Ja, ja."

„Ja... und weiter, verdammt nochmal? Willst du endlich mal höflich sein?"

Er wurde wieder wütend, schlimmer als vorher, da er sich einen Augenblick, beherrscht hatte. Gezielt verpaßte er dem „Holländer" einen erstklassigen Schwinger auf die Nase. Blut spritzte. Dann packte er ihn an der Kehle, schüttelte ihn und fing an zuzudrücken.

„Großer Gott!" keuchte er. „Ich werd dich noch erwürgen. Wirklich, ich bin dazu imstande."

Van Straeten röchelte, wurde grün, versuchte sich zu verteidigen. Lächerlich. Rotze und Tränen vermischten sich mit dem Blut aus seinem lädierten Rüssel. Eine hübsche Soße.

„Das reicht jetzt", mischte ich mich ein und warf mich auf Bugemont, damit er losließ. Plötzlich schien er zu merken, was er tat. Er machte sich von mir frei, ließ aber auch den magischen Hals los.

„Danke, daß Sie dazwischengegangen sind", sagte er.

„Keine Ursache."

„Wenn Sie nicht gewesen wären, ich hätte ihn umgebracht. So was verdient nicht zu leben. Aber diese verdammte Republik hätte mich zur Rechenschaft gezogen..."

Er schüttelte den Kopf. Seine Vorfahren hatten ihren vielleicht auf dem Schafott verloren. Wäre dumm von ihm gewesen, ihrem Beispiel zu folgen, nur aus Familiensinn.

„Na ja", seufzte er, „ich glaub, ich hab hier nichts mehr verloren. Zwing mich nicht dazu, nochmal hierher zu kommen, du Drecksau! Guten Tag, Monsieur."

Er knallte hinter sich die Türen zu. Dann war der Sturm vorbei. Nur das Ticktack zerhackte die Stille und die Zeit. Van Straeten saß regungslos und stumm da, hatte den Kopf zurückgelegt und hielt sich ein dreckiges Taschentuch unter die Nase. Auf dem Sessel und auf seiner Jacke war Blut. Ich ging ins Nebenzimmer, ein Schlafzimmer. Schließlich gab's auch noch eine Küche. Ich kam mit einem Lappen und einem Topf Wasser wieder zurück. Van Straeten hatte sich nicht von der Stelle gerührt.

„Hier... Sehn Sie, wie Sie zurechtkommen", sagte ich.
Schließlich war er Heilpraktiker.

Er versuchte, das Blut zu stoppen. Ich setzte mich wieder und hob ein Foto vom Boden auf. Tatsächlich, die zukünftige Madame de Bugemont wäre nicht begeistert gewesen, wenn sie das gesehen hätte. Ihre Meinung über ihren Ehepartner hätte sich schlagartig geändert. Bugemont war deutlich zu erkennen, allerdings mehrere Jahre jünger. Die Fotos stammten wohl noch aus seiner Studentenzeit, aufgenommen während einer Verschnaufpause in der vorlesungsfreien Zeit.

Dieser Van Straeten! Hatte die Nachfolge von Monsieur Alexandre angetreten.

Monsieur Alexandre!

Alexander der Große!

Nicht Stavisky, ein anderer.

Vor gar nicht so langer Zeit wurde in der Presse ein Riesenwirbel um den *Confidential* veranstaltet, ein amerikanisches Skandalblättchen. Wenn ich daran denke, krieg ich Krämpfe. Diese Amis können nichts anderes, als uns die Ideen klauen. Der *Confidential!* Ein Abklatsch der Tricks von Maulwurf Alexandre. Dieser Alexandre ist jetzt tot, aber zwischen den beiden Weltkriegen herrschte er über eine ganze Organisation mit soliden Finanzen aus zwei Wochenzeitschriften, die 'ne Menge einbrachten. Im Quartier latin lief für ihn ein Heer von schlechtbezahlten Mitarbeitern rum: Agents provocateurs, unechte Bohémiens, unechte Studenten mit richtigen falschen Ausweisen. Die hatten den Auftrag, sich an die Studenten zu hängen, die Erben eines großen Namens waren, und Beweise für deren Dummheiten zu liefern. Wenn man jung ist, macht man immer welche. Vor allem, wenn die Fallen so geschickt ausgelegt werden. Wenn Beweise vorhanden waren, legte Alexandre sich auf die Lauer. Er hatte Zeit, wartete und wartete. Und eines schönen Tages erfuhr er aus der Klatschspalte des *Figaro,* zum Beispiel, von der bevorstehenden Hochzeit von Soundso. Oder aus dem Allgemeinen Teil, daß Derundder zu Amt und Würden kam, namentlich zu einem hohen

Posten in der Politik oder im diplomatischen Dienst. Er suchte sich nur die Akte der Betreffenden raus, und ab ging die Post! Ein Fest sollte es werden! Und es waren schöne Hochzeitsfeste, mit Orgel und dem ganzen Kram. Und Alexandre machte die Musik dazu, aber leise, zurückhaltend, unhörbar für die normal Sterblichen. *Sing, Großmutter, sing!* Sonst singt Alexandre! Wenn nichts aus seiner Spezialkartei rauszuholen war, fütterte er seine eigenen Zeitschriften damit. War immer für einen prima Artikel gut. Aber meistens: Mund halten, kein Sterbenswörtchen, verschwiegen wie ein Grab. Und das Schweigegeld kassieren. Ein Künstler, dieser Monsieur Alexandre! Ein großer Geist! Ein fähiger Kopf! Ein raffiniertes Schwein! Seine Nachfolge anzutreten, erschien mir wirklich ein wenig schwer für die Schultern von Van Straeten. Aber der gute Mann tat, was er konnte. Und wenn er sich mal etwas tolpatschig benahm, so wie ich es soeben zufällig mitgekriegt hatte – Monsieur Alexandre hatte auch nicht nur Erfolge eingeheimst.

Soweit war ich mit meiner Retrospektive gekommen, als der Pseudo-Magier respektvoll die Nase hochzog. Ich hob den Kopf. Er blinzelte lauernd zu mir rüber. Daß ich mir genüßlich dieses Kunstfoto ansah, begeisterte ihn nur halb. Ein kleiner Egoist. Ich spielte mit dem Gedanken, ihm von Alexandre zu erzählen, um mich etwas aufzuspielen. Aber ich hielt mich zurück. Hatte schon 'ne Menge über ihn erfahren, er über mich noch gar nichts. Den Vorsprung wollte ich nicht vergeben. Also spielte ich weiter den asthmatischen Trottel. Das beste wär's jetzt gewesen, sich aus dem Staub zu machen. Eigentlich hatte ich die Absicht gehabt, das Gespräch auf Paul Leverrier zu bringen. Das paßte jetzt nicht mehr. Aber ich wollte wiederkommen. Am besten, wenn Van Straeten nicht zu Hause sein würde.

„Geht's besser?" fragte ich ihn.

„Ja, ja, danke. Ohne Sie..."

Er stotterte, aber das war nur Theater. Sah zwar ziemlich zerknautscht aus, hatte seine Kaltblütigkeit aber wiedergewonnen.

„Sie brauchen mir nicht zu danken", sagte ich, treuherzig auf Teufel komm raus. „Ich hätte mich früher einmischen müssen. Aber erstens ging mich Ihr Streit nichts an, und zweitens sah der junge Mann so böse aus. Und wie schnell kriegt man was vors Maul, stimmt's? Als ich dann aber sah, daß er zu weit ging..."

Ich stand auf, warf einen letzten Blick auf das Foto in meiner Hand und warf es angeekelt auf den Schreibtisch.

„Also... hm... ich hab zwar nicht so recht begriffen, worum's ging, aber so was gefällt mir nicht besonders. Ich liebe meine Ruhe. Bedaure Monsieur Van Straeten, wegen meines Asthmas werd ich mal woandershin gehen."

„Ich kann Sie sehr gut verstehen", sagte er katzenfreundlich.

Er stand jetzt ebenfalls auf, sammelte die Fotos vom Teppich auf, versicherte sich, daß auch keins fehlte.

„Ich versuche nicht, Ihnen dieses Mißverständnis zu erklären..."

„Sagen Sie bitte nichts. Damit will ich nichts zu tun haben."

Erleichtert sah er mir nach. Ein so blöder Trottel war ihm wohl noch nie über den Weg gelaufen.

Hoffte ich jedenfalls.

7.
Asiatische Grippe

Draußen war es schon dunkel. Die Temperatur blieb weiterhin niedrig, dafür stieg meine an, als Gegengewicht vielleicht. Das merkte ich ungefähr eine Stunde, nachdem ich mich von dem Magier verabschiedet hatte. Ich stand gerade im *Dupont-Latin-Ex-Soufflet* und schoß auf einen Sputnik. Um mich herum der Lärm aus einem Musikautomaten und das Stimmengewirr von gestikulierenden Negern am Tisch nebenan. Da spürte ich einen verfluchten Schmerz im Nacken. Normalerweise brauch ich zwar keine Entschuldigung, um in ein Bistro zu gehen, aber diesmal hatte ich eine. Ich fühlte mich hundeelend, und es wurde immer schlimmer. Schüttelfrost, kalter Schweiß auf der Stirn. Wie im Tran fuhr ich nach Hause. 37 Grad ist für mich keine normale Temperatur. Meine normale Temperatur ist 37,5. Immer unter Dampf. Bei 39 lauf ich noch rum, als wär nichts. Bei 40,1 wird's erst interessant. Und das las ich auf dem Thermometer: 40,1. Alles klar, Nestor. Ich nahm den Hörer.
„Hélène?"
„Ja."
„Glückwunsch, mein Schatz. Sie haben mich mit einer üblen Krankheit angesteckt."
„Ach, hören Sie auf!"
„Ihre gemeine Grippe! Die ist unanständiger als alles andere."
Als nächstes rief ich meinen Freund Dr. Harlez an. Ich legte ihm meinen Fall klar und bat ihn, mir eine Roßkur zu verschreiben. Hatte weder Zeit noch Lust, krank im Bett zu liegen.

„Legen Sie sich hin", sagte er. „Vorher holen Sie sich noch folgendes aus der Apotheke..."

Ich notierte mir die abenteuerlichen Namen von drei Mittelchen.

Ich hatte Ohrensausen und einen schweren Kopf. Außerdem schwitzte ich wie ein Affe. Meine Laken konnte ich auswringen. Ich hatte Durst. „Heiße Getränke", hatte Dr. Harlez geraten. Zum Kotzen! Man kann's auch übertreiben. Ich knipste das Licht an, schnappte mir die Flasche vom Nachttisch und verpaßte mir eine ordentliche Dosis, für einen Kranken eben. Mein Wecker zeigte kurz nach Mitternacht. Bei Colin des Cayeux warf Jacqueline gerade ihren Büstenhalter von sich. Nestor Burma kam langsam aus der dunklen Tiefe des Raumes und setzte sich ans Fußende.

„Dieser Van Straeten", sagte er.

„Ja."

„Hat die Nachfolge von Alexandre angetreten."

„Mehr schlecht als recht."

„Er hat Paul Leverrier mit in die Rue Broca genommen, in diese Opiumhöhle."

„Ja."

„Und als Paul wieder rauskam, hat er sich das Leben genommen."

„Ja."

„Vielleicht hatte Van Straeten dieselben Waffen gegen ihn in der Hand, mit denen er auch Bugemont gedroht hat. Bei Gefahr, bei Drohungen, reagiert jeder anders. Bugemont haut dem falschen Propheten was in die Fresse. Paul hat sich umgebracht."

„Vielleicht."

„Hier gibt's kein Vielleicht! Der Selbstmord ist erwiesen."

„Einfach toll! Ich meine nicht den Selbstmord. Möglicherweise hat Van Straeten Paul in irgendein krummes Ding verwickelt. Nur die Flics haben leider nichts gefunden. Alles leeres Geschwätz. Bist ziemlich fertig, was, Nestor?"

„Von 41 Grad an geht's mir erst so richtig gut."
„Wirst du Van Straeten beschatten lassen?"
„Ich glaub, ich werde Roger Zavatter auf ihn ansetzen, den Lackaffen von der Agentur Fiat Lux. Aber was könnte dabei rauskommen? Er würde den ‚Holländer' erwischen, wie er eine Sexparty mit versteckten Kameras organisiert? Das bringt uns nicht weiter. Er würde Van Straeten zu einem der Opfer folgen? Interessiert mich nicht. Wenn ich erst mal wieder aufstehe, werde *ich* ihn überwachen. Werd mich bei ihm einschleichen und rumschnüffeln, wenn er nicht zu Hause ist."
„Suchst du was Bestimmtes?"
„Keine Ahnung. Das wird sich zeigen."
„Glaubst du, er hat Mauguio den Genickschlag verpaßt?"
„Keine Ahnung."
„Hast du Yolande gesehen?"
„Die ist mir scheißegal."
„Vielleicht enthält ihr Buch einen Hinweis. Hélène meinte..."
„Geh mir mit Hélène weg! Die würde ich mir gerne vornehmen."
„Du bist nicht alleine hier..."
„Die Kleine läßt sich ihre Schnapsideen teuer bezahlen."
„Vielleicht ist das gar keine Schnapsidee. Warten wir's ab."
„Wir werden sehen."
„Komischer Kerl."
„Ich hab Fieber."
„Ich meinte Van Straeten."
„Ja, wirklich. ein widerlicher kleiner Ganove. Wenn er sich nur auf seinen Hokuspokus beschränken würde... Aber Erpressung! Paul kannte den Kerl kaum, sagen die Flics. Die irren sich zwar oft, aber im allgemeinen wissen sie, was sie sagen. Wenn Paul mit Van Straeten eng befreundet gewesen wäre, hätten sie's erfahren. Also, Paul kannte ihn kaum. Er war der Letzte, den Paul in diesem Leben gesehen hat."
„Nachprüfen."

„Genau das hab ich vor, sobald es mir wieder besser geht."

„Wird dir bald besser gehen."

„Hoffentlich. Ich hab zu Harlez gesagt: eine Roßkur."

„Warum hast du nicht Dr. Leverrier angerufen?"

„Harlez ist ein Freund von mir. Und dann, ich halte nicht viel von Leverrier."

„Warum nicht?"

„Er kann nicht mal Typhus von einem verstauchten Fuß unterscheiden. Eigentlich ist er Gynäkologe."

„Na schön. Ich muß jetzt weg. Salut."

„Salut, Jacqueline."

„Jacqueline? Hahahah! Sehr witzig. Meinst du, Leverrier wär für mich die richtige Adresse?"

„Entschuldige, Bruder. Das Fieber."

„Salut."

Er verschwand wieder. Was alles so rumläuft!

Am nächsten Morgen wachte ich um sieben Uhr auf. Die Temperatur war unverändert, draußen über Paris kalt, in mir heiß. Ich schluckte drei Tabletten. Drei verschiedene Farben, sehr hübsch anzusehen. Was mein Magen allerdings dazu sagen würde, war noch nicht raus. Das Märchen, das ich Van Straeten erzählt hatte, wurde Wirklichkeit. Ich legte mich auf die rechte Seite und schlief wieder ein.

Um zehn klingelte das Telefon. Hélène war am Apparat.

„Wie fühlen Sie sich?"

„Wie einer, der knapp über 40 liegt."

„Das tut mir aber leid."

„Aber nicht weh!"

„Sind Sie mir noch böse?"

„Sehr."

„Sehen Sie, man soll sich nicht auf die Ärzte verlassen. Meiner hat mir versichert, daß ich keinen Virus mehr habe."

„Ach, wissen Sie, die Viecher sind so schwer zu zählen. Einer oder zwei hatten sich vielleicht noch irgendwo versteckt."

„Und Sie sind so zum Anbeißen, daß die beiden sofort auf

Sie geflogen sind. Und ich bin sie los. Brauchen Sie keine Krankenschwester? Ich bin in Hochform."

„Um Gottes willen. Nur das nicht."

„Kann ich vielleicht im Büro was für Sie tun? Für Ihre Ermittlungen..."

„Hören Sie, meine Liebste. Sie sind gesund. Mir tut die Birne weh. Und Sie brüllen so in die Muschel, als würden Sie aus China anrufen."

„Na ja, bei Ihrer asiatischen Grippe..."

„Jetzt reicht's aber! Wenn ich schnell wieder auf die Beine kommen will, hilft nur 'ne Pferdekur. Also, lassen Sie mich in Ruhe... Oh! Scheiße! Bin zwar noch nicht auf den Beinen, aber was soll's? Hab mich da auf eine völlig bescheuerte Sache eingelassen. Und das alles nur, weil Jacqueline nett ist und Trost braucht..."

„Sie Ärmster! Immer ein Opfer der Frauen."

„Wieder ein Beweis."

„Haben Sie diese Yolande gesehen?"

„Nein."

„Und Van Straeten?"

„Ja."

„Und?"

Schon war ich wieder bei der Arbeit. Ich beschrieb ihr den Bauernfänger.

„Oh, oh!" flötete sie. „Was werden Sie jetzt machen?"

„Keine Ahnung. Hab mich die halbe Nacht darüber mit mir selbst unterhalten. Das reicht mir. Also, seien Sie lieb. Legen Sie auf und hängen Sie mir nicht in den Ohren."

„Oh la la, was für ein Mann! Werd Ihnen nicht nochmal die asiatische Grippe anhängen."

Und legte auf.

Kurz darauf rief ich meinen Arzt an, um ihm meinen Zustand zu beschreiben. Er versprach mir, im Laufe des Nachmittags reinzuschauen.

Ich schlief wieder ein. Um zwei Uhr weckte mich das Telefon. Verdammt!

„Leichenschauhaus", meldete ich mich.

„Bi... Bitte was? Ist dort nicht Nestor Burma?" stammelte Jacquelines Stimme.

„Doch, doch. Hab nur Spaß gemacht. Guten Tag, Jacqueline."

„Guten Tag, Monsieur. Sie hören sich komisch an."

„Mir geht's auch komisch. Was Neues?"

„Das wollte ich Sie eigentlich fragen", erwiderte sie in dem Tonfall einer Klientin, die was hören will für ihr Geld.

„Nicht so eilig, meine Liebe."

„Entschuldigen Sie. Ich dachte, Sie wären gestern nacht zu *Colin des Cayeux* gekommen. Aber ich hab sie nicht gesehen..."

„Ich bin der Detektiv. Lassen Sie mich nur machen."

„Ja, Monsieur. Natürlich. Entschuldigen Sie die Störung."

„Macht nichts. War sogar gut, daß Sie angerufen haben. Wissen Sie, wo ich diese Stundentin finden kann... ich nehm an, sie ist Studentin... Ihre Freundin Yolande?"

„Warum?"

„Kannte sie Paul?"

„Ja."

„Sie soll mir was von ihm erzählen."

„Oh, sie wird Ihnen nicht mehr sagen können als ich."

„Macht nichts. Ich möchte sie trotzdem sehen. Unabhängig von allem andern find ich sie sympathisch."

„Das ist sie auch. Mehr oder weniger. Kommt auf den Tag an."

„Na, na! Sie können das schlecht beurteilen. Sie sind eine Frau."

„Und Sie ein Mann. Und was Männer unter ‚sympathisch' verstehen, weiß ich. Mit Yolande verlieren Sie Ihre Zeit, Monsieur Burma. Sie ist gut versorgt. Und außerdem hat sie schon so genug Ärger. Gehen Sie ihr nicht auch noch auf die Nerven!"

„Versorgt? Schläft Gérard mit ihr?"

„Gérard? Der ist nur ein Freund. Ein selbstloser Mensch. Hat immer was zu meckern. Aber treu wie Gold."

„Und warum Ärger?"

„Na ja... Erstens wird sie von ihren Eltern unheimlich kurz gehalten..."

„Kurz gehalten! Daß ich nicht lache! Neulich hat sie bei Colin des Cayeux bis nach Mitternacht auf Sie gewartet, und dann war sie noch bis zwei mit uns unterwegs. Und wo sie danach noch waren, Gérard und sie..."

„Trotzdem wird sie kurz gehalten. Sie schleicht sich zu Hause durch die Hintertür raus. Dafür hat sie sich extra einen Nachschlüssel machen lassen. Wenn ihr Vater das rauskriegt, ist die Hölle los. Vater Lachal kennt keinen Spaß. Mehr Staats- als Rechtsanwalt."

„Er ist Anwalt?"

„Ja. Und unbeugsam wie das Gesetz. Er hat Yolande zum Jurastudium gezwungen. Ihr geht das völlig gegen den Strich. Was sie tatsächlich interessiert, ist das Theater. Das kommt für ihren Vater natürlich nicht in Frage. Schauspieler kommen bei ihm noch nach Farbigen. Und die liegen schon weit genug hinten."

„Aha! Rassist?"

„Hundertprozentig. Oh!... Vielleicht sind Sie ja auch einer..."

„Kommt auf den Tag an, auch bei mir. Vor ungefähr hundert Jahren hab ich mitgeholfen, eine Zeitung unter die Leute zu bringen, *Le Cri des Nègres*. Aber wenn ich die Aushänge vor einem *Cabaret antillais* sehe, nur nackte Schwarze, die ausschließlich mit wunderschönen, ebenfalls nackten Weißen mit blonden Haaren tanzen, dann kotzt mich das an. In solchen Bildern zeigt sich meiner Meinung nach auch ein ganz bestimmter Rassismus. Die totale Verbrüderung, das sind dann tolle Liebesspiele zwischen Weißen und Negerinnen. Was ich dazu meine, gefällt weder den Rassisten noch den Nicht-Rassisten. Und Sie, was denken Sie darüber?"

„Ach, ich weiß nicht. Ich habe nichts gegen Schwarze, aber ich würde mich nie so verhalten wie Yolande."

„Schläft sie mit einem?"

„Ja. Wenn das ihr Vater erfährt!"

„Da seh ich schwarz für sie. Na gut. Aber jetzt haben Sie mir immer noch nicht gesagt, wo ich sie treffen kann."

„Na ja... Ich hab sie seit neulich nicht mehr gesehen. Aber sie wird ja inzwischen ihre Gewohnheiten nicht geändert haben. Nach der Uni geht sie häufig ins Capoulade. Ihre Eltern wohnen in der Avenue des Gobelins. Die Nummer weiß ich nicht. Steht im Telefonbuch. Und dann kann man sie auch noch bei ihrem Freund treffen."

„Dem Neger?"

„Ja."

„Wo?"

„Place de la Contrescarpe. In dem Haus wohnen fast nur Schwarze. Im Erdgeschoß ist ein *Bal antillais*. Ach, vielleicht haben Sie dort die Bilder gesehen."

„Nein, das war nicht da."

„Hab ich nur so gesagt. Ich bin noch nie dagewesen. Also, da wohnt Toussaint."

„Toussaint?"

„Toussaint Lanouvelle. So heißt er."

Die Kerle haben aber auch Namen! Na ja, ich heiß Nestor Burma. Ist auch nicht viel besser.

„Er hat in dem Haus eine kleine Wohnung. Yolande ist natürlich oft da."

„Danke. Wie geht's Mauguio?"

„Geht so. Dr. Leverrier war noch mal bei ihm. Er befürchtet keine Komplikationen."

„Wie schön für ihn. Bis demnächst. Auf Wiedersehn, Jacqueline."

„Auf Wiedersehen, Monsieur."

Schweißgebadet legte ich auf.

Man quatscht und quatscht, regt sich auf, und dann, zack!, zeigt das Thermometer 41.

Gegen fünf Uhr kam mein Freund. Er untersuchte mich gründlich und ließ mir zusätzlich zu den Ermahnungen ein halbes Dutzend Ärztemuster da. Ich vergaß die Ermahnungen, schluckte von den Pillen eine bunte Mischung und spülte mit Whisky nach. Entweder würde mich das um- oder hochbringen.

Die ganze Nacht hindurch hielt ich einen Vortrag an der Sorbonne vor ausgewähltem Publikum. Wissenschaftler von Weltruf. Die Hündin Frisette, die die Russen im November an Bord des zweiten Satelliten in den Himmel geschickt hatten... Frisette, das erste Lebewesen im Weltraum... Frisette, schon totgesagt... das war ich, quicklebendig, wieder zurück von meinem phantastischen Ausflug. Ich durchlebte meine Eindrücke so intensiv, daß ich das Gefühl hatte, immer noch dort zu sein, in dieser verdammten Eisenkugel!

8.
Wilde Sinfonie an der Place de la Contrescarpe

Aber am nächsten Morgen ging's mir viel besser, und gegen Mittag war alles wieder in Ordnung. Grippe bekämpft man am wirksamsten in Höhenluft. Der Kopf war noch etwas schwer, wie bei einem Kater. Aber in diesem Zustand bin ich schon häufiger nach draußen gegangen. Außerdem war das Wetter schön. Der Schnee von vor... ja, wie lange? Vier Tage? Ja, vier Tage... Der Schnee von vor vier Tagen war fast vergessen. Seine Offensive war gescheitert.

Ich ging weg.

Mein Ziel: Yolande.

Van Straeten erforderte eine gewisse Strategie. Bei Yolande war das nicht nötig. Ich würde sie bitten, einen Blick in ihr Buch werfen zu dürfen. Ein einfacher Dreh. Die richtige Arbeit für einen Genesenden, ruhig und gemütlich. Dabei würde ich mir kein Bein ausreißen.

Ich ging zur Place de la Contrescarpe.

Der liebe gute Platz, rührend provinziell, mit seinem Pissoir, dem Pavillon der R.A.T.P., den Bäumen in der Mitte, den alten Häusern, die sich gegenseitig stützen, den Bistros. Die belebte Rue Mouffetard war im Augenblick so ruhig wie der Platz. Das passiert nicht oft. Aber um diese Zeit halten die Kaufleute noch ihre Siesta oder sitzen über ihren Kontobüchern... wer weiß, was sie gerade aushecken...

Ich parkte meinen Wagen in der Rue Lacépède vor dem verschossenen Ladenlokal einer öffentlichen Leihbibliothek. Von dem Platz fuhr gerade die 84 ab; aber kaum eine Menschenseele fuhr zur Porte de Champerret. Ein weiterer Bus rückte vor. Schaffner und Fahrer stiegen aus. Der eine eilte ins

Pissoir, der andere ging zu einer uralten Klapperkiste, die die neugierigen Blicke auf sich zog. Baujahr 1925, zum letzten Mal vielleicht ein Jahr später neulackiert. Oben auf dem Verdeck dieses Museumsstücks lag eine Katze und schnurrte sanft. Ab und zu schielte sie zu den Tauben, die zwischen den Bäumen herumhüpften. Der Busfahrer kraulte die Katze unterm Kinn. Sein Kollege kam hinzu, und beide bestaunten nun spöttisch das unwahrscheinliche Automobil.

Im Erdgeschoß eines schmalen Hauses mit nur zwei Etagen entdeckte ich den fraglichen *Bal antillais*. Die Aufmerksamkeit der Kenner wurde durch ein knallgrünes Schaufenster mit Palmen und Kokosnüssen erregt. Ein junger Schwarzer putzte im Overall die Scheiben. Ich trat in den dunklen Flur neben dem Eingang zum *Bal*. Auf einem der Briefkästen fand ich zwar den Namen Toussaint Lanouvelle, aber ohne Angabe der Etage. Ich ging wieder raus, um den Scheibenwischer zu interviewen.

„Ah! Jetzt keiner zu Haus, M'ssié", war die Antwort.

Ein heiteres Gesicht und ein Akzent, daß es für mich keinen Zweifel gab: der Spaßvogel machte sich über die Weißen lustig, wo es nur ging. Er fuhr fort:

„Sind alle in Uni jetzt. Studenten, Doktor, P'offesor. M'ssié Lanouvelle auch. Bestimmt. Ah! Vielleicht nein…" Er sah zu dem Oldtimer hin. „Sein Auto da, aber vielleicht nix sicher, he? S-teht schon swei Tag da, sein Auto. Muß S-trafe zahln. Wenn Sie wollen wissen, sweite Hetage, ich glaub. Weiß nix genau. Sein Name ist an sein Tür."

Das hätte er auch gleich sagen können. Ich ging hoch. Drei Türen, auf allen ein Namensschild. Auf dem dunklen Flur war es zugig. Der Wind pfiff durch zwei schießschartenartige Löcher, die aber keinen Lichtstrahl hereinließen. Die Wohnungen mußten eng und niedrig sein. Vor Toussaint Lanouvelles Tür tastete ich nach einer Klingel. Vergebens. Ich klopfte an den Türrahmen. Von der Place de la Contrescarpe drang gedämpft ein wütendes Miauen herauf: die Katze machte ihrem Unmut darüber Luft, daß sie keine Taube fangen konnte. Oder sie prügelte sich mit einer Artgenossin. Aus der Wohnung kam kein Laut. Ich klopfte nochmal, etwas lauter. Das war das Startzeichen für den Bus unten. Ansonsten keine Reaktion.

Toussaint Lanouvelle war also nicht zu Hause. Ganz normal. Ich würde wiederkommen. Schön.

Ich sagte „schön", aber ich dachte was anderes. Ein eigenartiges Unbehagen beschlich mich. Die Folgen der Grippe bestimmt, die ich etwas zu energisch bekämpft hatte. Oder ...

Ich horchte in die Stille, die im ganzen Haus herrschte. Schwarze sollen angeblich einen eigenen Geruch an sich haben. Und hier wohnten doch so viele. Aber das war's nicht, was meine Nase kitzelte. Verdammt! Hatte ich vielleicht schon Halluzinationen?

Ich klopfte zum dritten Mal. Noch etwas kräftiger als vorher, aber in aller Freundschaft sozusagen. Rhythmisch. Tack tackatacktack tack tack! Wenn niemand reagierte, wollte ich abhauen.

Man reagierte!

Ich stieß einen doppeldeutigen Seufzer aus: der Erleichterung und der Enttäuschung. Aber ich glaub, ich hätte ihn doch küssen mögen, diesen langen Kerl vor mir mit der ebenholzfarbenen Haut.

„Monsieur Lanouvelle?"

„Ja, Monsieur. Das bin ich."

Eine schöne sonore Baßstimme. Kultiviert, völlig akzentfrei.

„Nestor Burma", stellte ich mich vor. „Sie fragen sich bestimmt, woher ich Ihren Namen und Ihre Adresse habe. Und was ich von Ihnen will. Ich bin ein Freund von Jacqueline Carrier, die Sie sicher kennen..."

Er nickte.

„Von ihr hab ich Ihre Adresse. Jacqueline ist wiederum eine Freundin von Yolande, die ich auch flüchtig kenne. Wegen ihr bin ich hier. Ich möchte sie um einen Gefallen bitten."

„Aha!"

Er sah mir über die Schulter. Kein Tick, sondern eine automatische Bewegung. Wollte sich vergewissern, daß ich alleine war. Seltsam, diese Verteidigungshaltung. Na ja, er war schwarz. Das erklärte einiges. Vielleicht machte sich bei ihm das Erbe seiner Vorfahren bemerkbar, die Erinnerung an den feindlichen Dschungel.

„Darf ich reinkommen?" fragte ich. „Ich hab gerade eine hundsgemeine aisatische Grippe hinter mir. Und hier im Flur find ich's nicht eben sehr warm."

Nach kurzem Zögern sagte er:

„Bitte."

Ich las in dem Schwarzen wie in einem offenen Buch. ‚Komm rein' dachte er. ‚Du bist alleine. Wenn ihr zu mehreren wärt, wär's was anderes. Ich hab keine Angst vor dir. Wenn du das Maul zu weit aufreißt... ich bin kräftig genug... (Ich hätte mich tatsächlich ungern mit ihm angelegt!)... um mit dir fertig zu werden.'

Aber so richtig verstand ich sein Benehmen nicht. Das Unbehagen von eben stieg allmählich wieder in mir hoch.

Ich folgte dem schwarzen Studenten in ein Zimmer, das verschiedenen Zwecken diente: Eßzimmer-Küche-Arbeits-Badezimmer. Ein Wandschirm verbarg notdürftig eine Anrichte, ein Spülbecken und eine Kochplatte. Auf einem Tisch lagen Hefte und Bücher, dazu alles, was man so zum Schreiben braucht. Wissenschaftliche Bücher standen auf Regalbrettern an der Wand. Ein Sessel, um bequem nachdenken zu können. Zwei Stühle mit gepolsterter Sitzfläche. Nirgendwo ein Bett. Hinter dem Vorhang links mußte wohl das Schlafzimmer sein. Das Mehrzweckzimmer hier war sauber und gemütlich. Das bescheidene Zuhause eines ruhigen Studenten, der seine Unabhängigkeit liebt. Etwas unordentlich, aber was soll's!... Zwei oder drei Gegenstände aus dem Herkunftsland des Jungen gaben, zusammen mit ihm selbst, dem Ganzen eine exotische Note.

Das Fenster ging auf die Place de la Contrescarpe. Im hellen Tageslicht konnte ich mir meinen Gastgeber besser ansehen.

Die Tatsache, daß ihm die dreckige alte Karre gehörte, hatte mich gegen ihn eingenommen. Ich war darauf gefaßt gewesen, einem zweiten Van Straeten gegenüberzustehen, was den Gebrauch von Seife anging. Ich hatte auch noch damit gerechnet, daß er mich im Lendenschurz empfangen würde, mit Stehkragen und Zylinder, wie ein Negerhäuptling im Varieté. Warum nicht? Aber ich hatte mich völlig verhauen.

Toussaint Lanouvelle war ungefähr fünfundzwanzig, athletisch, sah gut aus in seinem gutgeschnittenen Anzug, den er mit einer geschmeidigen, natürlichen Eleganz trug. Er hatte ein feines Gesicht, sehr schön, aber abgespannt, mitgenommen, verwüstet. Er machte überhaupt einen müden Eindruck. In seinen feuchten, rotgeäderten Augen lag ein mystischer Glanz. Seinem Aussehen nach konnte er Oberpriester irgendeiner Sekte sein. Vielleicht hatte ich ihn mitten in einer Andachtsübung gestört. Deswegen hatte es auch so lange gedauert, bis er zur Tür gekommen war.

Das Unbehagen verließ mich nicht mehr. Ich weiß nicht, ob ich phantasierte, ob mein Fieber mir einen Streich spielte. Aber ich meinte, irgendetwas Ungewöhnliches in der Luft zu schnuppern. Und das war nicht nur der eigentümliche Geruch.

Denn dieser Geruch stieg mir tatsächlich in die Nase. Verschiedene sogar. Erstmal der Weihrauchgeruch, mit dem sich ein zweiter vermischte, undefinierbar, bitter. Weihrauch! Innerlich mußte ich lachen, aber nicht sehr sauber: vielleicht zelebrierte Toussaint Lanouvelle Schwarze Messen!

„Sie wollten zu Yolande, Monsieur?" fragte der Student höflich, aber wie abwesend.

„Ja. Jacqueline Carrier hat mir erzählt, daß sie bei Ihnen sein könnte. Ist sie nicht da?"

„Nein."

Er schüttelte den Kopf.

„Mein Gott, nein", stieß er nochmal hervor.

„Ach!" sagte ich verlegen. „Sie wissen nicht zufällig, wo sie sein könnte?"

Seine Augen durchbohrten mich.

„Nein."

Er schielte zum Vorhang. Erinnerungen! Erinnerungen! Adieu, unser kleiner Tisch, adieu, unsere Flohkiste, adieu, unser Zimmerchen... Mir kam ein anderer Gedanke, aber ich ließ ihn sofort wieder fallen. Man muß nicht immer gleich so schwarz sehen! Auch nicht bei Toussaint Lanouvelle mit dem dunklen Teint.

„Na dann... äh... entschuldigen Sie..."

„Gehen Sie noch nicht, Monsieur", sagte er sanft, fast bittend. „Ich spreche gerne von Yolande. Ich bin Schwarzer, Monsieur. Sicher, die Farbigen in Frankreich werden nicht so schlecht behandelt wie in den USA. Aber trotzdem..."

Er sah immer noch zum Vorhang hin, lachte:

„Vielleicht bin ich mehr Schwarzer, als ich glaube... Das können Sie nicht verstehen."

„Ich verstehe das sehr gut", sagte ich mitfühlend. „Sie haben Komplexe. Jeder hat welche. Warum nicht Sie? Yolande hat sie davon befreit. Sie ist ein nettes Mädchen."

Na ja, mehr oder weniger nett. Sie hat ihm sicher einige Komplexe genommen, indem sie mit ihm schlief. Aber als sie ihm den Laufpaß gab, hat sie ihm als Ersatz andere angehängt, und zwar ganz gewaltige! Ich sag's ja, dieses Rassenproblem ist einfach nicht zu lösen.

„Kennen Sie sie?"

„Hab sie einmal gesehen, vor ein paar Tagen. Zusammen mit Jacqueline Carrier. Ich fand sie sympathisch."

Er nickte dankbar, fing fast an zu heulen. Seine Züge wurden hart, um Tränen und Schluchzen zu unterdrücken. Na dann, gute Nacht! Wo war ich da wieder reingerutscht? Eine todsichere Art, seine Grippe auszukurieren! Gleich würde der große Junge mir noch ordentlich was vorheulen, bis kein Tropfen Wasser mehr in ihm sein würde. Unglückliche Verliebte sind schlimmer als Besoffene.

„Können Sie mir sagen, was Sie von Yolande wollten?" fragte er.

„Ich bin wegen des Buches gekommen, über Theater..."

„Ach, ja!" lachte er. „Das berühmte Buch."

„Berühmt? Was meinen Sie damit?"

„Nichts. Hab nur laut gedacht. Wollten Sie's kaufen? Soll ziemlich teuer sein... sehr teuer", fügte er nachdenklich hinzu.

Mein Herz schlug mir bis zum Hals. Ich spürte, wie das Fieber anstieg. Verdammte Hélène! Hatte mal wieder den Nagel auf den Kopf getroffen. Ich lächelte.

„Das müssen Sie mir erklären, glaub ich."

Als Antwort hob er die Hand und horchte. Jemand klopfte an die Wohnungstür. Toussaint Lanouvelle ballte die Fäuste. Erneutes Klopfen. Er stand auf.

„Man soll mich in Ruhe lassen!" brüllte er. „In Ruhe lassen soll man mich!"

Er stürzte zur Tür, offensichtlich entschlossen, den ungebetenen Gast die Treppe runterzuschmeißen. Ein Besucher reichte ihm.

Kaum war er aus dem Zimmer, lief ich zum Vorhang. Reiner Instinkt. War völlig sinnlos. Aber ich wollte sehen, was dahinter war.

Ich sah's.

Ich erkannte sie nicht sofort. Sie trug keine Brille. Aber es konnte sich nur um Yolande handeln, so tot wie nur irgend möglich. Sie lag auf dem Sofa in dem winzigen Zimmer ohne Fenster. Neben ihrem wächsernen, erstarrten Gesicht war eine Art Altar aufgebaut. Darauf brannten zwei Kerzen und in einem Räuchergefäß zwei Räucherstäbchen. Von hier kam also dieser Weihrauchgeruch. Und auch der andere, der Geruch einer Leiche, die langsam verwest. Um das Totenbett herum waren Bilder und Trauergegenstände aufgebaut. Dazu noch andere, exotische, Talismänner, Amulette. Eine Mischung aus christlicher Religion und Götzendienst.

Yolande war tot. Woran sie gestorben war, mußte ich noch rauskriegen. Sie lag bei ihrem Geliebten, der verzweifelt war, weil er das junge Mädchen verloren hatte. Der Mann aus

Afrika hatte den Lack der Zivilisation angekratzt... (Ich bin Schwarzer, vielleicht mehr noch, als ich glaube)... oder war ganz einfach verrückt geworden, was in der Situation jedem passieren kann. Er wollte sich nicht von dem toten Körper trennen.

Sehen und Verstehen waren eins. Alles ging sehr schnell, ein paar Sekunden nur. Besonders an der Wohnungstür.

Ich hörte es dreimal kurz und gedämpft knallen. Ein furchtbar typisches Geräusch. Dann noch ein vierter Knall, lauter diesmal. Das war die Tür. Vorher aber nicht.

Heute hielt man sich nicht mit Einzelheiten auf. Alles ging schnell, kam wie eine große Welle.

Ich verließ die Kapelle der leidenschaftlichen Liebe und stürzte zur Tür. Jemand sprang im Affentempo die Treppe runter.

Toussaint Lanouvelle stand in dem engen Vorraum, keuchte wie ein Ochse, jammerte aber nicht. Mit beiden Händen hielt er sich den Bauch. Wie in einem schrecklichen Alptraum machte der tödlich getroffene Hüne einen Schritt nach vorn, dann noch einen, wie die Statue des Kommandeurs, genauso unerbittlich.

Der frühlingshafte Nachmittag war still, friedlich und mild. Das Tageslicht fiel durch die offenstehende Zimmertür in den Vorraum. Der Schwarze sah mich an, falls er überhaupt noch irgendwas erkennen konnte, so weit, wie er war. Weit weg. Sehr weit sogar. Jetzt ließ er seinen Bauch los. Ich meinte, das Blut brodeln zu hören, aus seinen Eingeweiden spritzen und die Beine runterlaufen zu sehen. Er streckte mir seine fürchterlich langen Arme entgegen.

Ich stand wie versteinert da, erkannte die Gefahr erst, als es zu spät war. Angewidert sah ich, wie sich seine blutverklebten Hände auf mein Gesicht zubewegten, auf meinen Hals. Der Hüne bäumte sich zum letzten Mal auf, glaubte, alle fünf Sinne beieinander zu haben – so ein Unsinn! – und vermutete in mir einen Komplizen seines Mörders. Ich wollte der furchtbaren Umklammerung ausweichen, aber zu spät. Seine Hände rutschten auf meine Schultern, seine stählernen Finger krallten sich fest, wild entschlossen, nicht mehr loszulassen.

Und in diesem Moment muß er wohl gestorben sein. Aufrecht, wie Emily Brontë. Nur war er verdammt viel schwerer als die zierliche Engländerin. Ein Schluchzen schüttelte ihn. Er fiel wie ein Klotz zu Boden und riß mich mit sich. Jetzt lag ich unter ihm.

Der Lebende beerbt den Toten. Das ist ein Rechtsprinzip, Yolande! Und da ich beim Zitieren bin: *Haben Sie schon mal einen Toten geohrfeigt?*, fragte Louis Aragon. Haben Sie sich schon mal mit einer Leiche herumgeschlagen?, frage ich.

Toussaint Lanouvelle erdrückte mich mit dem ganzen Gewicht seines leblosen Körpers, der durch den Tod noch schwerer wurde. Ich erstickte fast, hatte das Gefühl, daß meine Schulter verbrannte. Hatten sich seine Finger in Haken verwandelt? Jetzt bemerkte ich seinen Geruch. Den Geruch eines Schwarzen und den eines Toten. Und auch meinen Geruch: ranzig von kaltem Schweiß. Ich spürte auch das Blut, das durch die Kleider der Leiche in meine Kleider sickerte, bis auf meine Haut. Rasend vor Wut und Angst schlug ich mit den Fäusten auf dieses leblose Stück Fleisch ein.

Endlich gelang es mir, ihn zur Seite zu rollen und mich zu befreien. Jetzt hielt er mich nur noch an der Schulter fest. Ich schnappte nach Luft. Dann kniete ich mich hin und richtete mich langsam auf. Ich kam nicht sehr weit. Offensichtlich hatte ich die Wahl: entweder ich zog die Leiche mit mir hoch, oder aber ich blieb mit ihr liegen. Sie war zu schwer. Ich blieb unter der Last gebeugt stehen und wartete wahrscheinlich auf ein Wunder. Dann tat mir der Rücken weh, und ich kniete mich wieder hin. Ich wollte seine Finger loswerden, mühte mich ab. Umsonst!

Von der Place de la Contrescarpe drang beruhigender Lärm herauf. Lärm von glücklichen Menschen, die sich ihres Glücks gar nicht bewußt sind, Menschen, denen so was wie mir nie passierte. Ein Zeitungsverkäufer rief die letzte Ausgabe des *Crépuscule* aus... Ein Auto hupte, obwohl das eigentlich verboten ist... Ein Bus fuhr los.

Plötzlich lachte ich lauthals und fluchte nach Herzenslust. Was für eine Flasche war ich doch! Ja, natürlich, ich war noch nicht ganz gesund, aber trotzdem! Ich war genauso blöd wie diese Film- oder Romanhelden, die sich mit irgendwas herumschlagen, nur um Spannung zu erzeugen. Und das einzig und allein aus einer Mischung von Dummheit, unbegründeter Panik und Täuschung. Etwa so: Jemand geht die Treppe hoch. Der Kerl in der Wohnung zittert, denn man will ihn bestimmt umbringen. Tragische Situation. Jemand geht noch immer die Treppe hoch. Langsam. Immer langsamer. Schweißperlen auf der Stirn des Helden. Es klopft an der Tür. Da hätte der Kerl in der Wohnung beinahe laut aufgeschrien. Hat er aber nicht. Und was ist mit der Spannung? Der Held schwitzt und schwitzt. Das ist alles, was er kann. Gut drei Liter hat er seit eben schon ausgeschwitzt, auf dem Boden bildet sich eine Lache. Da hat der Kerl im Treppenhaus einen glücklichen Einfall:

,Jemand zu Hause? Ich bin der Gasmann.'

Allgemeines Aufatmen.

Der Held hätte nur durchs Schlüsselloch gucken müssen und gesehen, daß draußen kein Berufskiller steht. Und warum ist der Gasmann so langsam die Treppe hochgekommen, hm? Spannung. Alles wegen der Spannung. Spannen und spinnen. Schließlich mußte der Held einen Grund haben, so stark zu schwitzen. Na ja, man kennt die Art Filme. Frage mich nur, wo diese Kerle eigentlich leben! Im täglichen Leben gibt's soviel Spannung, zum Beispiel mit dem Gasmann; vor allem wenn er einem die Rechnung präsentiert...

Na schön! Ich mit meiner Leiche konnte diese Spaßvögel mit ihrer Spannung alle in die Tasche stecken!

Anstatt mich so erfolglos mit Toussaint Lanouvelle abzustrampeln, hätte ich nur dran denken müssen, meinen Mantel auszuziehen. Denn die Finger hatten sich bestimmt im Stoff festgekrallt. Wenn ein blindes Huhn auch mal ein Korn findet, legt es hinterher das Ei des Kolumbus.

Ich zog also schnell meinen Mantel aus. Es war jetzt ganz einfach, den Stoff dem Griff des Negers zu entreißen. Ich fühlte mich schon viel besser. Aber nicht lange. Bald fing ich wieder an, mordsmäßig zu schwitzen. Wenn das so weiterging, brauchte ich noch einen Rettungsring. War wohl die Angst, die mich nachträglich packte. Nichts Ernstes. Ich hatte Schwein gehabt, daß die Schüsse auf Toussaint Lanouvelle keinen Menschenauflauf verursacht hatten. Stellen Sie sich das mal vor! In der Nachbarschaft hatte man aber nichts gehört. Übrigens hätte ich gewettet, daß der Mörder einen Schalldämpfer benutzt hatte. Und dann hielt sich auch im Moment niemand im Haus auf.

Gut. Niemand war bis jetzt gekommen. Niemand würde so bald kommen. Ich hatte zwar nicht gerade eine Ewigkeit vor mir – wie Yolande und ihr Geliebter –, aber immerhin eine ganze Weile.

Ich beugte mich über den schwarzen Körper. Er hatte zwei blaue Bohnen in den Bauch und eine in die Brust gekriegt.

Warum?

Geheimnis über Geheimnis.

Und Yolande?

War sie auch umgebracht worden?

Ich ging zurück in die improvisierte Kapelle. Die Räucherstäbchen brannten noch und verbreiteten ihren betäubenden Duft. Die Kerzen gaben ein diffuses, makabres Licht. Sehr dekorativ, aber für meine Zwecke reichte es nicht. Ich suchte und fand einen Lichtschalter. Eine Neonröhre über einem Spiegel tauchte das Zimmerchen in fahles Licht. Yolande auf ihrem Totenbett sah noch toter aus, als sie sowieso schon war.

Ich stand vor ihr, Hände in den Taschen, und betrachtete sie. Wartete ich darauf, daß sie anfangen würde zu reden?

Sie war vollständig angezogen. Wie sollte ich da die Todesursache herausfinden? Dazu bin ich kein Arzt, weder Gerichtsmediziner noch Gynäkologe. Aber ich hätte vielleicht Verletzungen an ihrem Körper wahrnehmen können... falls es welche gab. Alles, was ich mit Bestimmtheit sagen konnte, war, daß sie schon eine ganze Weile tot war. Die Natur hatte ziemlich an ihr gearbeitet. Und mit nicht weniger Bestimmtheit konnte ich sagen, daß sie keines natürlichen Todes gestorben war. Natürliche Todesursachen betrachte ich immer als persönliche Beleidigung.

Allerdings war sie bei unserem ersten Zusammentreffen ziemlich blaß gewesen. Blaß, mit dunklen Rändern unter den Augen, was auch die Brille nicht ganz verbergen konnte. War sie so krank gewesen, daß sie von einem Tag auf den andern daran sterben konnte?

Die Brille! Ich sah sie jetzt gar nicht auf ihrer Nase. Komisch. Warum hatte man sie ihr abgenommen? Gut, sie war tot. Aber manche Leute werden in Galauniform begraben, manchmal sogar mit all ihrem Schmuck. Warum sollte man Brillenträger nicht mit Brille begraben? Das wär auch nicht lächerlicher.

Ich knipste das Licht wieder aus und ging in das größere Zimmer zurück. Erst mal machte ich mich auf die Suche nach einem Seelentröster. Die Aufregung mußte bekämpft werden. Hinter einem Wandschirm fand ich eine Flasche Rum. Ich goß mir eine ordentliche Ration in ein Senfglas. Dabei paßte ich auf, daß ich nirgendwo meine Fingerabdrücke hinterließ.

Ich war hergekommen, um Yolande zu bitten, einen Blick in dieses Buch werfen zu dürfen. „Berühmt" hatte es der Schwarze genannt. Und mit einem seltsamen Unterton hinzugefügt, daß es sehr teuer sei. Was verstand er darunter? Daß sein Besitz blutige Rivalitäten hervorrief? Mußte Yolande deshalb sterben? Und er konsequenterweise auch, etwas später? Hm... Und hatten diese tragischen Ereignisse etwas mit Pauls Selbstmord zu tun? Verdammt nochmal! Das alles war etwas viel für einen armen Teufel, der immer noch mit asiatischer Grippe rumlief.

Ich begann mit der Hausdurchsuchung. Das Buch fand ich nicht. Dafür aber ein Heft mit Notizen, die nichts mit dem Studium des Schwarzen zu tun hatte. Eine Art Tagebuch. Besser als nichts. Und so unverhofft! Ich faßte einen schnellen

Entschluß. Ich war jetzt lang genug hier. Noch länger zu bleiben, könnte verdammt ungesund werden. Das Tagebuch konnte ich besser bei mir lesen, in aller Ruhe und vor allem in Sicherheit.

Ich setzte meinen Hut auf, legte meinen Mantel über den Arm, um die Blutflecken zu verbergen. Das Tagebuch nahm ich mit.

Ich kam ungehindert durchs Treppenhaus. Draußen auf der Place de la Contrescarpe hatte sich nichts verändert. Der junge Schwarze hatte das Fensterputzen beendet. Auch die alte Karre von Toussaint Lanouvelle stand immer noch am selben Platz.

Ich stieg in meinen Dugat und fuhr in Richtung Heimat.

Also wirklich! Hatte ich den bösen Blick oder was?

Ich besuche Van Straeten. Ein Kerl taucht auf und haut ihm was in die Fresse.

Ich besuche Toussaint Lanouvelle, und der läßt sich abknallen.

Ich würde in Zukunft nicht mehr wagen, noch irgend jemanden zu besuchen.

Außer meinem Steuerbeamten vielleicht.

9.
Tagebuch eines Verliebten

Ich zog mich um, legte den Mantel zur Seite, um ihn später zur Reinigung zu bringen, schluckte drei Vitamintabletten und vertiefte mich in das Tagebuch von Toussaint Lanouvelle.

Es war keine leichte Kost. Eine konventionelle Sprache, sehr verwandt der von Samuel Pepys, aber dennoch nicht so schwerverständlich. Die Sätze waren gespickt mit Bildern und Anspielungen. Eine höhere Form von Kauderwelsch. Hier und da stieß ich auf klare Sätze, die eine gewisse Naivität verrieten. Der erschossene Student hatte sich ganz richtig beurteilt: „Ich bin Schwarzer. Vielleicht mehr, als ich glaube."

Die ersten Seiten überflog ich nur. Sie interessierten mich nicht. Erst als der Name Yolande auftauchte, fing ich ernsthaft zu lesen an.

Einige Dinge wurden mir klarer. Vor allem folgendes: daß ich die Tragödie miterlebt hatte, verdankte ich meinem persönlichen Stern. Ich muß wohl immer alles aus nächster Nähe miterleben, ob es nun darum geht, eins verpaßt zu kriegen oder in irgendwas hineingezogen zu werden. Das versaut natürlich meinen Ruf bei der Kripo.

Die besagte Tragödie jedenfalls hatte nichts mit Paul Leverriers Selbstmord zu tun. Das hoffte ich auch für Jacqueline. Ist kein gutes Zeichen, wenn sich die Leute um einen herum gegenseitig umbringen.

Nun zu den anderen Liebenden, Yolande und Toussaint. Der Schwarze hatte triumphiert und den Tag im Kalender rot angestrichen, als Yolande sich ihm hingegeben hatte. Und er hatte noch mehr triumphiert, als sie ihm erzählte, sie sei schwanger. Aber als sie ihm klarmachte, daß sie unter keinen

Umständen den Dingen ihren normalen Lauf lassen wollte, stürzte der Student in ein riesiges schwarzes Loch. Er hätte so gerne ein Kind von Yolande gehabt. Nur, Yolande spielte nicht mit.

Ich dachte an das, was Jacqueline mir von Yolandes Vater erzählt hatte. Streng, hundertprozentiger Rassist, wäre bestimmt nicht begeistert gewesen, wenn seine Tochter mit zusätzlichem Gepäck nach Hause gekommen wäre – welcher Vater ist schon davon begeistert? Und wenn das Baby vermutlich aussehen wird wie ein *café au lait*... Nein, Yolande konnte dem Zorn ihres Vaters nicht die Stirn bieten.

Von da an wurde das Tagebuch chaotisch, nachlässig geführt, unvollständig. Toussaint Lanouvelle hatte zu nichts mehr Lust.

Ich versuchte eine Deutung – auch das, was fortgelassen ist, kann man deuten – und rekonstruierte den weiteren Verlauf. Der Schwarze hatte trotz allem einiges aufgeschrieben.

Yolande war entschlossen. Nichts konnte sie davon abbringen. Der Schwarze bat sie auf Knien, aber vergeblich. Er verweigerte ihr seine Hilfe bei dem verbrecherischen Unternehmen. Sie brauchte Geld. Er gab ihr keins. Das war seine letzte Hoffnung, sie von ihrem Vorhaben abzubringen. Kein Geld, keine Schweiz. Aber daran sollte es nicht scheitern. Yolande wollte alleine zurechtkommen. Sie besaß da ein wertvolles Buch... Jetzt verstand ich, was Toussaint meinte, als er von einem „sehr teuren Buch" gesprochen hatte. In seinen Augen war dieses Buch der Grund für Yolandes Tod. Wenn sie es nicht besessen hätte, hätte sie's auch nicht verkaufen können (das hatte sie schließlich getan). Und dann hätte sie kein Geld gehabt, um sich irgendeinem Metzger auszuliefern. Denn auch mit Geld konnte sie nur zu so einem gehen, wenn ich mir das Ergebnis ansah. Ein ungeschickter Student, kein erfahrener Gynäkologe.

Jedenfalls kam es dann zu dieser Tragödie. Im letzten Moment hatte Toussaint wohl vor Yolandes Entschluß kapituliert. Er hatte nicht mir ihr gebrochen. Sonst hätte ich nicht die Leiche des unglücklichen Mädchens bei ihm gefunden. Bei ihm hatte sich nämlich alles abgespielt ... und er hatte die Leiche bei sich behalten.

Nein, in dieser traurigen Leidensgeschichte war für mich nichts zu holen. Keinerlei Zusammenhang mit Paul Leverriers Selbstmord und dem mysteriösen Vorfall in dem Hotel der Rue Valette.

Es sei denn ...

Die finanzielle Haupt- oder Nebenquelle war für Yolande also dieses berühmte, wertvolle Buch übers Theater. Toussaint wußte das. Er wußte auch, daß es damals bei Jacqueline war. Klaute er das Buch, konnte Yolande nichts mehr machen. Klar?

Er drang bei Jacqueline ein, durchwühlte das Zimmer, fand aber nichts: das Buch lag unterm Bett. Jacqueline schien ordentlich zu sein, aber so was kann immer mal vorkommen. Toussaint blieb nicht die Zeit, unterm Bett nachzusehen, denn genau in diesem Moment wankte der verliebte Hampelmann Mauguio ins Zimmer. Dann lief alles so, wie ich es schon vermutet hatte. Toussaint versteckte sich im Badezimmer, schlug den ungebetenen Gast nieder, arrangierte einen Sturz und haute ab. So war das.

Hm ...

Ich hatte gehofft, daß der nächtliche Vorfall mit Pauls Selbstmord in Zusammenhang stand und ihn erklären könnte. Aber wenn Lanouvelle dem alkoholisierten Don Juan eins verpaßt hatte, löste diese Hoffnung sich in Wohlgefallen auf.

Aber war Lanouvelle tatsächlich in dem Zimmer gewesen? Er konnte es nicht mehr sagen.

Tja. Und warum nicht, bitte schön?

Genau! Weil er tot war.

Ja, von Schüssen niedergestreckt. Zwei Kugeln in den Bauch, eine in die Brust.

Und warum, verdammt nochmal? Warum hatte ihn wer getötet?

Ein Rassist?

Jemand, der gerade im Viertel war und eine Schießübung veranstalten wollte?

Ein eifersüchtiger Philosophiestudent, der hegelianisch-deterministische Überlegungen angestellt hatte und dem Schwarzen die Schuld an Yolandes Tod gab?

Tja...

Oder?

Mitten in dem ganzen Blödsinn kam mir eine Idee.

Der direkte Schuldige an Yolandes Tod hatte seit dem tragischen Vorfall bestimmt kalte Füße. Um so mehr, da er Toussaint Lanouvelle nicht unbegrenzt vertraute. Er mußte an dem Schwarzen Anzeichen von Geistesverwirrung wahrgenommen haben. Diese rührende, aber zweifellos verrückte Idee, die Leiche bei sich zu behalten! Normalerweise schafft man nach einer solchen Katastrophe die Leiche fort. Dafür ist die Seine da, so friedlich sie auch aussieht. Das wollte aber dem Schwarzen nicht in den Schädel. Von einem solchen Spaßvogel war alles zu befürchten. Ein unheimlich gefährlicher Zeuge. Früher oder später – eher früher – würde alles ans Licht kommen, und dann würde der Neger auspacken. Nicht mal, um sich reinzuwaschen, sondern nur, weil er kein Bedürfnis verspürte, irgend jemanden zu schützen. Möglicherweise hatte Lanouvelle ihn auch bedroht. (Immerhin hatte er dem Schwarzen die Geliebte getötet!) Da war er ihm zuvorgekommen. Einfältig gedacht und gehandelt, aber Einfalt ist oft die Haupteigenschaft der Verbrecher. Gegen ihren Willen begehen sie eine Dummheit nach der andern. Vor allem, wenn sie jung und unerfahren sind wie der große Unbekannte in diesem Fall. Unerfahren! wie ich schon gesagt habe: er mußte eher unter Studenten zu finden sein als bei den Hebammen oder Gynäkologen mit allen ihren Regeln der Kunst.

Ich fluche. Mein Fieber schoß in die Höhe. Eben war mir was in den Sinn gekommen, was nichts mit Lanouvelle, Yolande & Co. zu tun hatte, aber dafür mit Paul Leverrier.

Ich rief im Hôtel Jean an. Jacqueline war nicht da. Ich

schnappte mir das Telefonbuch und suchte die Nummer der Schauspielschule, wo das Mädchen etwas anderes lernte als die Kunst, sich vor Publikum auszuziehen. Mademoiselle Carrier sei beschäftigt, bekam ich zur Antwort, aber in ein paar Minuten... Eine Viertelstunde später hatte ich sie an der Strippe.

„Gibt's was Neues?" fragte sie erwartungsvoll.

„Noch nicht. Wollte Ihnen nur ein paar indiskrete Fragen stellen... Waren Sie jemals schwanger, seitdem Sie mit Paul zusammen waren?"

„Nein."

„Aber so was kann immer mal vorkommen. Haben Sie vielleicht mit Paul darüber gesprochen?"

„Natürlich."

„Wie war Pauls Einstellung dazu?"

„Seine Einstellung? Versteh ich nicht."

„Dann muß ich noch deutlicher werden."

Ich wurde deutlicher und erfuhr, daß Paul die Verantwortung auf sich genommen hätte. Auf keinen Fall wäre was anderes in Frage gekommen... Abtreibungen lehnte er entschieden ab.

„Entschieden?"

„Ja."

„Man kann sie aber für sich selbst ablehnen, jedoch bei anderen akzeptieren."

„Paul war entschieden dagegen."

„Unter allen Umständen und bei jedem?"

„Ja."

„Danke."

Ich legte auf.

Paul war dagegen, aber sein Vater vielleicht nicht. Und als Paul das erfuhr, konnte er nicht mehr weiterleben.

Plötzlich fühlte ich mich hundemüde. Völlig kaputt. Was wärmte ich da wieder auf? Was hatte ich, verdammt nochmal, damit zu tun?

Wie durch einen Nebelschleier sah ich Jacqueline vor mir.

Das Mädchen brauchte Gewißheit, so oder so. Ich wurde bezahlt, um sie ihr zu verschaffen. Schön. Eine offene Aussprache mit Dr. Leverrier wäre nicht schlecht gewesen. Wir waren beide erwachsene Männer ohne Vorurteile und mußten uns eigentlich verstehen.

Aber es war schon spät. Ich war müde. Hatte einen anstrengenden Tag hinter mir, alles in allem.

Ich vertagte das Gespräch auf morgen.

10.
Praktisches Arbeiten in der Rue Rollin

In der Nacht fegte ein wahrer Sturm über Paris hinweg. Wind und Regen bemühten sich aus Leibeskräften. Aber gegen Morgen beruhigten sie sich wieder. Es versprach, ein schöner Tag zu werden. Was meine asiatische Grippe anging, so hatte ich noch ganz schön hohes Fieber. Aber was sein muß, muß sein.

Als erstes überflog ich die Zeitungen. Stumm wie Karpfen schwiegen sie über den Fall Place de la Contrescarpe. Danach fuhr ich ins Quartier latin.

Die Uhr an der Gare du Luxembourg zeigte kurz nach zehn. Ein paar Meter weiter wartete eine Überraschung auf mich.

Ich wollte grade um das Doppel-Denkmal für Pelletier und Caventou herumfahren, als ich aus dem Haus, in dem Dr. Leverrier wohnte, einen alten Bekannten rauskommen sah, einen bärtigen Rotfuchs: Van Straeten, in einem weiten beigefarbenen Dufflecoat, beinah sauber, auf dem Kopf einen lustigen grünen Tirolerhut.

Hm... Konnte sein, daß der Schmutzfink einiges über die inoffiziellen Betätigungen von Leverrier erfahren hatte – vielleicht von Paul. (Schließlich hatte er ihm die Tür zur Opiumhöhle geöffnet!) Und jetzt erpreßte er den Gynäkologen.

Langsam fuhr ich die Rue Henri-Barbusse entlang, ein Auge immer im Rückspiegel. Van Straeten ging auf der anderen Straßenseite entlang. Ich ließ ihn vorgehen, aber nur so weit, daß ich den Vorsprung im Radumdrehen aufholen konnte. Er bog links ein, in die Rue du Val-de-Grâce. Ich beschleunigte und hatte ihn wieder im Visier. Jetzt ging er nach rechts in die Rue Pierre-Nicole. Ich mußte lachen. Hatte mich in dem Kerl nicht getäuscht. Der war fähig, bei Schulschluß vor dem Collège Sévigné herumzulungern. Aber eigentlich war's noch zu früh. Van Straeten ging gleichgültig am Collège vorbei, überquerte die Straße und läutete etwas weiter an der Tür einer Villa. Als ich auf derselben Höhe war, war er schon im Haus verschwunden. Ich sah nicht mehr, wer ihm geöffnet hatte. Ich fuhr weiter zum Boulevard de Port-Royal, dann nach rechts, bis ich wieder auf dem Boul' Mich' landete.

Aller Wahrscheinlichkeit nach machte Van Straeten gerade „Hausbesuche". Heute war Samstag. Vielleicht machte er diese Runde immer am Wochenende. Würde noch 'ne Weile dauern. Eine bessere Gelegenheit für einen Hausbesuch bei ihm konnte ich mir gar nicht wünschen. Vielleicht war diese Visite nicht mehr so interessant für mich wie noch vor kurzem. Aber ich kann nun mal bestimmten Verlockungen nicht widerstehen. Zwanghafte Neugier.

Ich nahm Kurs auf die Rue Rollin.

Diesmal ging ich nicht über die Treppe der Rue Monge. Ich hatte es eilig. Wer weiß, wieviel Zeit mir zur Verfügung stand. Ich fuhr also über die Rue du Cardinal-Lemoine und hielt ein paar Meter vor der Höhle des bärtigen Zauberkünstlers.

Der kleine Hof lag verlassen da.

Nicht sehr schön, sich so bei Leuten einzuschleichen, in ihrer Abwesenheit das Türschloß aufzubrechen. Aber schließlich war Van Straeten ein widerlicher Erpresser, der die Intimsphäre vieler Pechvögel verletzte und schwungvoll über die Mauer des Privatlebens sprang. Das wollte ich den sensiblen und zarten Seelen gesagt haben. Ich hatte schon bei weniger beschissenen Typen keine Samthandschuhe angezogen. Warum sollte ich dann ausgerechnet bei ihm eine Ausnahme machen?

Im Schutz des gläsernen Windfangs fummelte ich am Türschloß herum. Ich kam schnell zum Erfolg. Aber dieser falsche Holländer war ein vorsichtiger Mensch. Hatte einen Riegel anbringen lassen.

Ich erinnerte mich nicht, ihn neulich gesehen zu haben. Ich lachte. Nach dem Wutausbruch des jungen de Bugemont hatte Van Straeten Schiß gekriegt.

Ich beschäftigte mich also mit dem Riegel. Glücklicherweise war die Tür des Pavillons nicht jüngeren Datums. Ich bearbeitete sie ein wenig, und schon splitterte das Holz. Natürlich würde der Magier jetzt merken, daß er Besuch gehabt hatte. Sollte er sich ruhig aufregen, Anzeige würde er bestimmt nicht erstatten. Höchstens einen oder zwei zusätzliche Riegel anbringen. Mir war's scheißegal. Hatte nicht die Absicht, noch häufig hierher zu kommen.

Endlich war der Weg frei.

Auch hier (wie überall, wo ich in letzter Zeit auftauchte) roch es eigenartig. War aber bei Van Straeten nicht weiter erstaunlich. Wenn's hier nach teuren Seifen geduftet hätte, hätte man sich schon eher Sorgen machen müssen.

Durch den Vorraum ging ich in das große Zimmer. Sah noch genauso aus. Über dem schlafenden Jüngling setzte die nackte Frau ihre unbewegliche Reise durch die Luft fort. Das einzige Geräusch verursachte die Standuhr.

Ich machte mich an die Arbeit, schnüffelte hier und da, ohne Ziel, ohne Idee, vertraute auf meinen Riecher. Ich fand nichts, nicht mal die Fotos von Bugemont. Klar, Van Straeten hatte sein Archiv woanders, an einem sicheren Ort. Hätt' ich mir denken können.

Trotzdem suchte ich weiter. Wo ich schon mal so weit war... Kostete dasselbe. Ich ging ins Schlafzimmer meines unfreiwilligen Gastgebers.

Das Bett war zerwühlt. Die Laken sahen ungefähr so aus wie Pferdedecken. Am Kopfende standen nebeneinander auf einem Brett etwa zehn Bücher, gebunden oder broschiert. Wahrscheinlich die Lieblingslektüre des Herrn. Ich warf einen Blick auf die Titel, um mir ein Bild von seinem literarischen Geschmack zu machen. Ein paar Romane, der letzte

Goncourt, ein Fachbuch über Astrologie und, als Zugeständnis an den allgemeinen Geschmack, *Keusch und verblüht*, in Leder. Ich nahm das Meisterwerk und schlug es auf. Unter dem harmlosen Buchdeckel verbarg sich ein pornographisches Werk erster Güte, reichlich illustriert mit aufgeklebten Fotos. Waren das vielleicht Beweisstücke, „Zahlungsaufforderungen"? Ich stellte das Buch zurück. Zwei oder drei weitere Bände derselben Machart verbargen sich hinter ähnlichen Titeln.

Ein Nähschemel diente als Nachttisch. Darauf lagen neben einem Aschenbecher Zigaretten und ein kleinformatiges, aber kostbar ausgestattetes Buch.

Les Fleurs du Mal.

Armer Baudelaire! Wo bist du gelandet? So wirst du immer unverstanden bleiben! Erst von diesen dummen Untersuchungsrichtern vor einem Jahrhundert, und seitdem von denen, die meinen, deine schmerzerfüllten Verse berechtigen zu schwungvollem Handel mit anstößigen Bildern. Ich hab nichts gegen erotische Bilder, im Gegenteil, aber ich finde, Baudelaires Gedichte genügen sich selbst. Sie brauchen keine Illustrationen... und schon gar nicht die Fotos, auf die ich in Van Straetens Exemplar gefaßt war. Die paßten bestimmt genausowenig, eine geschmacklose Entweihung, wie Dubouts Zeichnungen für François Villon. Solch eine Mißgeburt ist nämlich tatsächlich im Buchhandel erhältlich.

Ich blätterte in *Les Fleurs du Mal* und wurde angenehm überrascht. Eine sehr schöne Ausgabe, ohne Illustrationen. Als Frontispiz ein Bild des Dichters nach dem Daguerreotyp von Nadar. Jetzt sah ich, daß das Buch gar nicht Van Straeten gehörte. Das Exlibris war zum Teil zerrissen, aber ich konnte es schnell wieder zusammenfügen: ein Ritter in seiner Rüstung beschützte ein nacktes Kind und warf dem Tod auf dem Thron den Fehdehandschuh zu. Von Straeten hatte das Buch Dr. Leverrier oder seinem Sohn geklaut. Oder aber... Na gut, das würde sich zeigen. Wie gewonnen, so zerronnen. Ich steckte das Buch in meine Gesäßtasche.

Als nächstes nahm ich den Aschenbecher und die Zigaretten von dem Nähschemel und klappte ihn auf. Ein herrliches Durcheinander: Tablettenröhrchen, ein Füllfederhalter, eine Brille mit nur einem Glas, ein Knäuel Bindfaden, ein Taschenmesser usw. usw. Nichts für mich dabei. Ich klappte den Schemel wieder zu... und sofort wieder auf. Die Brille! Van Straeten setzte sie sich doch wohl nicht auf die Nase, um auf seiner stinkenden Flohkiste zu lesen. Das Brillengestell war seltsam geformt, sehr eigenwillig. Die Brille einer Frau. Mir war so, als hätte ich genau dasselbe Modell auf Yolandes Nase gesehen.

Ich nahm sie in die Hand und sah sie mir näher an.

Wenn das nicht die Brille dieses unglücklichen Mädchens war, dann sah sie ihr verdammt ähnlich. Ach was! Ich täuschte mich nicht. Das sah doch ein Blinder. Ohne jeden Zweifel war das Yolandes Brille!

Ich legte sie wieder zurück zu dem anderen Kram. Van Straeten mußte erst mal erklären, wie diese Brille in seine Wohnung gekommen war.

Ich schnupperte. Der seltsame Geruch, der mir sofort aufgefallen war, stieg mir in dieser Ecke besoners intensiv in die Nase. Er schien aus der Küche zu kommen. Dort war ich neulich gewesen, um Wasser und Lappen für die blutende Erpressernase zu holen.

Ich ging in die Küche.

An der Seite befand sich eine Glastür, so was Ähnliches wie ein Lieferanteneingang. Man sah direkt auf die unfreundliche Wand des Hauses nebenan. Auch diese Tür hatte vor kurzem einen Riegel verpaßt gekriegt. Das machte der Schiß vor dem angriffslustigen Monsieur de Bugemont!

Hier war der Geruch ganz aufdringlich. Kalt, scharf. Trocknete einem glatt die Nasenschleimhaut aus. Sicher kam er aus der Ecke, wo ein langer Tisch stand. Darauf lag ein schmutziges Laken und darunter stand eine Art Wanne, ebenfalls zugedeckt. Ich hob das Laken vom Tisch und sah eine Auswahl chirurgischer Instrumente, die mal so richtig gereinigt werden mußten. Ich bückte mich und zog die Wanne zu mir ran. Ganz schön schwer. Ich warf ein Auge auf den Inhalt. Wirklich nur eins. Ein Schnellkochtopf ist nichts dagegen! Halb versunken in ungelöschtem Kalk sah ich einen Arm, ein Bein und einen Kopf. Den Kopf von... Großer Gott! Trotz der beginnenden Mumifizierung erkannte ich das Gesicht. Als ich es das letzte Mal gesehen hatte, war es roter gewesen.

Entsetzt wich ich zurück, schwankte, mir wurde schlecht. Ich stürzte zum Spülbecken und kotzte alles aus. Dann ging ich sofort zur Seite. Denn mir war soeben eingefallen, daß über diesem Becken und auf der Abtropffläche, wie das daneben wohl genannt wird, die Leiche zerlegt worden war. Ich wurde von furchtbaren Krämpfen geschüttelt. Diesmal kotzte ich mitten in die Küche. Dann blieb ich wie benommen stehen, mit aufgewühltem Magen und dröhnendem Kopf.

Und genau in diesem Augenblick hörte ich hinter mir eine eiskalte Stimme, widerlich, schleimig:

„Hände hoch! Umdrehn!"

Ich gehorchte.

Im Türrahmen stand Van Straeten. Sein ausgemergeltes Gesicht war so ausdrucksstark wie ein Bügelbrett, seine Augen immer noch glasig. Er richtete eine bläulich schimmernde Kanone mit Schalldämpfer auf meine wichtigsten Organe.

„Ach nein!" rief er. „Der bezaubernde Monsieur Arthur Martin... oder Nestor Burma... oder sonst wer."

Ein schlaues Kerlchen! Woher wußte er meinen Namen?

„Na ja, ist auch egal", fuhr er fort. „Da, wohin ich dich befördern werde, brauchst du keinen Personalausweis."

Ich schwieg. Hatte mich von dem Schock noch nicht erholt. Mein Hals war genauso trocken wie der des Enthaupteten in dem Kalk.

Van Straeten trat hinter mich, bohrte mir den Lauf zwischen die Rippen.

„Los, da rein! Das Zimmer ist besser isoliert."

Ich ging. Vielleicht konnte ich den Spieß gleich umdrehen.

Aber im Augenblick sah's schlecht aus. Er stieß mich auf einen Stuhl neben dem Tisch, auf dem die Zeitungen und andrer Papierkram lagen. Seit ich darin rumgeschnüffelt hatte, war das Durcheinander noch größer geworden. Van Straeten baute sich vor mir auf, hielt aber Abstand. Er fürchtete irgendeinen üblen Trick.

„Würd gerne wissen, was du bei mir zu suchen hast?" fragte er.

„Wollte mir mein Horoskop erstellen."

Sollte er sich auf ein Gespräch einlassen, war ich gerettet. Ich würde ihn totreden, in Worten ertränken. Er witterte die Gefahr und machte einen Punkt.

„Ach, ist auch egal. Tut mir außerordentlich leid, aber mir bleibt nichts andres übrig."

„Du willst mich umbringen?"

„Mir bleibt nichts andres übrig."

Noch eine Minute, Herr Scharfrichter. In einer Minute kann soviel passieren!

„Du hast schon Yolande umgebracht und Toussaint Lanouvelle und Inspektor Masoultre. Wenn jetzt noch ein Privatflic hinzukommt, wird auch nichts besser."

„Du hast gerade dein Horoskop gelesen. Du weißt zuviel. Dachte gar nicht, daß du schon soviel wußtest. Und deshalb muß ich dich umbringen."

Erstaunlich, daß überhaupt was aus seinem Mund kam. Er schien wie aus Holz. Kein Leben in den Augen. Kein Muskel in seinem Gesicht bewegte sich. Seine Lippen und sein Bärtchen kaum.

Unmerklich änderte er die Richtung seiner Kanone. Ich spürte, er würde jetzt schießen. Jetzt war sowieso alles verloren. Konnte mich also genausogut verteidigen. Ich ließ mich fallen, die Arme nach vorn, versuchte, ihn an den Knöcheln zu packen. Der Schuß verbrannte mir das Ohr, ich sah nichts mehr, schlug wild um mich mit dem Mut des Verzweifelten. Anscheinend schlug ich ihm den Revolver aus der Hand. Hörte ein dumpfes Geräusch, wie wenn ein schwerer Gegenstand auf einen Teppich fällt. Aber dann spürte ich hinten im Nacken einen fürchterlichen Schmerz, der durch den ganzen Körper ging. Ich drehte mich und versank in einen bodenlosen Abgrund mit buntgestreiften Wänden. Weiß nicht mehr, ob zusammen mit diesem Schlag die weiteren Schüsse losgingen. Ich war schon zu weit weg, um die Kugeln zu spüren.

11.
Erwachen

Ich stieg in die Hölle hinab. Von den Verdammten hörte ich das schmerzerfüllte Stöhnen. Der Lärm aus einer Schmiede hämmerte auf meinen Schädel ein. Keine Fünftagewoche beim Feuerteufel. Ich änderte die Richtung. Langsam tauchte ich aus der klebrigen Masse auf. Ganz langsam. Nur keine Eile, Nestor. Wo du auch hinfliegst, nach oben oder unten, nach rechts oder links, überall wartet nur Ärger auf dich. Wie immer. Laß dir Zeit. Ich machte eine Bewegung, und die Geräusche, die durch diesen furchtbaren Schmerz am Ohr verursacht wurden, hörten auf. Auch in meinen Augen ein stechender Schmerz. Die Lider wurden durch einen Willen geschlossen gehalten, der stärker war als meiner. Wenn ich mich recht erinnerte, hatten meine Augen zuletzt das Feuer aus einem Revolver schießen sehen. Ich versuchte, sie zu öffnen. Zuerst tanzte ein rötlicher Nebel vor ihnen, verfärbte sich dann und verschwand. Ich lag auf der Seite, aufgestützt auf dem Ellbogen. Konnte mich gar nicht mehr an diese Bewegung erinnern. Ich lag im Büro von Van Straeten. Er lag nicht weit von mir, auf dem Bauch.

Die Löcher in seinem Dufflecoat waren braungerändert.

Ich stieß einen Seufzer der Erleichterung aus. Also hatten die Schüsse, die ich als letztes gehört hatte, nicht mir gegolten. Ich drehte mich, richtete mich auf, hockte auf allen Vieren. Beim Feuerteufel wurde immer noch gehämmert. Ich schloß die Augen wieder. Jemand sagte etwas zu mir, unwirsch. Ich antwortete nicht, öffnete die Augen, zog schnell meine Hand zurück, die von einem schwarzen Schuh zerquetscht zu werden drohte. Dabei verlor ich das Gleichgewicht. Endlich konnte ich auch den Kopf bewegen, ihn langsam, mühevoll hochheben. Mein benebelter Blick wanderte von dem schwarzen Schuh zu einer marineblauen Hose. Eine Hand baumelte neben dem Bein. Sie hielt einen Revolver. Noch weiter oben sah ich ein Koppel, die metallenen Knöpfe einer Uniformjacke.

Vor mir stand ein junger Flic; seinem intelligenten, modernen Aussehen hatte er wohl zu verdanken, daß er im Quartier des Ecoles eingeteilt war.

„Er müßte weggebracht werden", sagte jemand.

„Die Ambulanz ist noch nicht da."

„Muß gleich kommen. Der hat nur einen Schlag hinter den Kopf gekriegt."

Der junge Flic beugte sich zu mir runter.

„Spiel bloß nicht verrückt, Alter!" riet er mir leise.

Zusammen mit einem Kollegen stellte er mich auf die Beine. Mir drehte sich alles. Van Straetens Leiche schien hin- und hergeschaukelt zu werden. Die nackte Frau zitterte in ihrem Bilderrahmen. Die Standuhr machte ein Höllenspektakel.

Ein dritter Flic kam aus dem Schlafzimmer oder der Küche hereingestürzt. Wohl aus der Küche. Er tanzte und schwankte, oder aber ich sah ihn nur so. Sein Gesicht war ganz grün. Er stieß gegen das Tischchen, auf dem der Globus stand, umarmte den Globus, die Wange an den Pazifischen Ozean gedrückt.

Die beiden Flics ließen mich los. Ich versuchte, meinen Fall zu bremsen, hielt mich irgendwo fest. Erst gelang es mir auch, aber dann konnte ich nichts mehr bremsen. Bevor ich auf dem Teppich landete, war ich schon wieder aus den Latschen gekippt.

Ich kam wieder zu mir. Später erfuhr ich, daß ich im Hauptkommissariat des 5. Arrondissements gelandet war, Place du Panthéon, Bezirksamt, Erdgeschoß.

Mein Kopf tat mir weh, ganz oder zum Teil. Besonders am Ohr und in den Augen.

Ich saß zusammengesunken in einem Sessel. Vor mir, auch in einem Sessel, aber in einer entschieden würdigeren Haltung, saß der Kommissar oder ein anderer diensthabender Beamter. Auf dem Tisch zwischen uns sah ich zwei getrennte Häufchen aus verschiedenen Gegenständen. Links einen Revolver mit einem Stoßdämpfer und eine schmierige Brieftasche. Rechts ein zweiter Revolver, eine zweite Brieftasche, ein rotes Notizbuch und ein Buch.

Ich spürte, daß noch jemand im Raum war. Ich hob meinen Kopf, drehte ihn zur Seite.

„Geht's besser?" fragte Florimond Faroux.

„Geht so."

„Es geht sehr gut", entschied er für mich. „Sie kommen jetzt mit in mein Büro und packen aus."

„Wie Sie wünschen."

„Übernehmen Sie für ihn die Verantwortung, Kommissar?" fragte ihn sein Kollege.

„Ich übernehme für gar nichts die Verantwortung. Aber ich muß mit ihm reden. Und bei mir fühl ich mich wohler."

„Ja. Da sind Sie für so was eingerichtet."

„Der letzte Salon, wo nett geplaudert wird", bemerkte ich.

„Schnauze", knurrte Faroux.

„Halten Sie mich auf dem laufenden", sagte der Kommissar des Hauses.

Mit einem Lineal schob er mir eines der beiden Häufchen zu.

„Hier ist Ihr Kram. Der Revolver ist schon lange nicht mehr benutzt worden, und Sie haben einen Waffenschein. Ihre Brieftasche, Ihr Notizbuch. Daraus haben wir die Adresse von Kommissar Faroux. Ein Glück..."

„Kommt drauf an..." sagte ich.

Er zuckte die Achseln.

„Dann noch das Buch."

Er schlug mit seinem Lineal auf den Einband.

„Hübsche Ausgabe."

„Manchmal kann man im Viertel hier günstig Bücher kaufen."

Ich stand auf und steckte den Krempel ein. War sicherer auf den Beinen, als ich gedacht hatte. Und ich hatte Hunger. Ein gutes Zeichen.

„Sie interessieren sich für Baudelaire?"

„Für Dichtung im allgemeinen."

„Na ja, ich kenne nicht viele Privatdetektive. Aber die zwei oder drei, die ich in meiner Laufbahn getroffen habe, haben sich um solche Sachen nicht gekümmert."

„Das Berufsbild ändert sich eben."

„Nestor Burma ist schließlich nicht irgendein Privatflic", sagte Faroux ungeduldig.

„Scheint mir auch so", stimmte der andere zu.

Er war sicher ganz froh, daß Faroux mich mitnahm.

„Sind Sie endlich soweit?" fragte mein Freund von der Tour Pointue.

Ich nickte.

Vor dem Kommissariat wartete ein Wagen, der uns zum Quai des Orfèvres brachte. Ich konnte mich in aller Ruhe im Rückspiegel betrachten. Sah recht mitgenommen aus, bleich, rote Augen, am Ohr ein rosa Verband, sehr frivol. Eine widerliche Fresse.

12.
Wiederbelebung

„Ein Glück", brummte Florimond Faroux, „daß die Ermittlungen nur vorgetäuscht waren."

Vor mehreren Stunden hatten wir das Kommissariat an der Place du Panthéon verlassen.

In der Tour Pointue hatte Faroux mich erst mal in einem kleinen Nebenzimmer schmoren lassen, im eigenen Saft, mit meinen grimmigen Gedanken, neben einem gutmütigen alten Flic in Uniform. Jetzt nahm er mich in seinem hellerleuchteten Büro vor.

Während der ganzen Warterei war es in der Tour Pointue zugegangen wie in einem Bienenhaus. Es ging immer noch so zu. Daß man einen Kollegen zerstückelt hatte, machte den sensiblen Flics Beine.

Kommissar Faroux zündete sich eine selbstgedrehte Zigarette an.

„Ein Glück, daß Sie in dem Viertel nur so rumlungern mußten und sich in nichts einmischten, was Sie nichts anging..."

Der Rauch kam im abgehackten Rhythmus der Worte aus seinem Mund.

„Ein Glück, daß der Selbstmord von Paul Leverrier für Sie eine unbestreitbare Tatsache war..."

Nach und nach redete er sich in Hitze. Seine Schnurrbarthaare richteten sich auch schon auf.

„Verdammt nochmal und zugenäht!" schnauzte er endlich und schlug mit der Faust auf den Tisch. „Hätte ich mir auch denken können! Da liefern wir Ihnen die schönsten Beweise fürs Gegenteil, aber Sie müssen natürlich ein Verbrechen dahinter wittern. Sie und die kleine Carrier! Sie wären ein hübsches Paar. Wenn Sie miteinander schlafen, sagen Sie mir Bescheid. Von Straeten kann Ihnen ja jetzt keinen Gefallen mehr tun. Aber ich werd schon einen anderen Kerl seines Kalibers auftreiben. Daran soll's nicht scheitern. Aber um Gottes willen! Setzen Sie bloß keine Nachkommen in die Welt!"

„Beruhigen Sie sich doch", beruhigte ich ihn. „Man kann Sie auf dem Hof verstehen. Was sollen die Touristen in der Sainte-Chapelle denken? Zu Hause werden sie erzählen, sie hätten schreckliche Schreie im Polizeigebäude gehört. Und sie werden uns eine Abordnung der Internationalen Menschenrechtskommission auf den Hals schicken."

„Ja, ja. Machen Sie sich ruhig über mich lustig. Um diese Uhrzeit sind keine Touristen da. Ist sowieso keine Hochsaison. Und selbst wenn... Verdammt nochmal! Wie soll man da nicht aus der Haut fahren. Immer sind Sie mittendrin dabei, in der herrlichsten Bambule."

„Ja, ja, ich weiß", seufzte ich. „Muß wohl in meinen Sternen stehen. Hab vergessen, Van Straeten danach zu fragen."

„Den würde ich auch gerne noch so einiges fragen."

„Und durch Anschnauzerei können wir die Antworten auch nicht finden."

„Hm..."

So langsam beruhigte er sich wieder. Gab noch zwei oder drei zusätzliche Flüche von sich, die er noch nicht gebraucht hatte. Dann war er wieder normal.

„Nur zu, Nestor Burma. Ich höre. Jetzt erzählen Sie mir doch mal, was Sie in der Rue Rollin zu suchen hatten. Und vorher zünden Sie sich Ihre Pfeife an. Haben Sie ja schon in der Hand. Sonst fangen Sie noch mittendrin damit an, um Zeit zu gewinnen."

„Hier herrscht Vertrauen!"

„So bin ich nun mal."

„Wie schön."

Ich zündete meine Pfeife an und legte los:

„Zuallererst möchte ich protestieren. Sie sagen: ,Sie sollten nur so im Viertel rumlungern und sich nicht in Dinge einmischen, die Sie nichts angehen.' Hab ich auch nicht getan. Und der Besuch bei Van Straeten hat mir dreierlei eingebracht: eins auf den Schädel, ein verbranntes Ohr und rote Augen. Und meine Meinung über Leverriers Tod hat sich nicht geändert, denken Sie, was Sie wollen. Ich meine nach wie vor, daß es sich schlicht und geschmacklos um Selbstmord handelt. Zufrieden?"

„Weiter."

„Damit Jacqueline Carrier glaubt, ich führe eine richtige Ermittlung durch, muß ich mich schon etwas bewegen. Und um mich herum hat sich so einiges bewegt. Aber, na ja..."

Faroux grinste.

„Eine Gabe Gottes, ich weiß", bemerkte er.

„Jedenfalls kann ich nichts dafür. Nun, ich mußte mindestens die Leute besuchen, die Paul Leverrier mehr oder weniger gut gekannt hatte. Also bin ich zuerst zu Van Straeten gegangen. Ich möchte nicht abstreiten, daß der Kerl mich interessierte. Hatte so einiges über ihn erfahren, durch Sie und durch die Zeitungen. Ich hab schon immer eine Schwäche für pittoreske Gestalten gehabt..."

„Zur Sache."

„Sofort. Ich geh also zu ihm. Äh... heute ist Samstag... ja, Mittwoch... genau, ich war Mittwoch nachmittag bei ihm. Kaum sitze ich, da kommt ein junger Kerl und haut ihm was in die Fresse..."

Ich erzählte ihm die Geschichte.

„Wie hieß der Kerl?" fragte Faroux.

„Keine Ahnung."

„Weiter."

„Ich kapier sofort, worum's geht: um die Nachfolge von Alexandre."

Das mußte ich näher erklären.

„Van Straeten wird immer interessanter. Ich frag mich so langsam, ob er und seine Erpressungsgeschichten nicht was mit Paul Leverriers Tod zu tun haben."

Faroux runzelte die Stirn.

„Nur keine Aufregung!" beschwichtigte ich ihn. „Ich glaub immer noch an Selbstmord. Einwandfrei bewiesen. Aber vielleicht könnte ich bei diesem Erpressungszauberer die Gründe dafür finden."

„Was geht Sie das denn an? Er hat sich das Leben genommen. Schluß, aus. Wollten Sie den Flics die Arbeit abnehmen?"

„Warum nicht? Oh, nicht um dem armen Masoultre reinzupfuschen oder seinem Chef, Kommissar Sylvert, oder um zu triumphieren. Nur um Jacqueline Carrier Gewißheit zu verschaffen, so oder so."

„Sie und Ihre Weiber!"

„Tja... Ich bleib also nicht lange bei dem Gauner, nehm mir aber vor, mir die Baracke noch mal vorzunehmen. Das konnte ich erst heute tun. Mittwoch war ich nämlich noch bei Hélène. Sie wissen doch: asiatische Grippe. Hab sie mir bei ihr gefangen."

„Sie und Ihre Weiber!" wiederholte er.

„Ja, hab nicht grade Riesenschwein bei Ihnen. Na ja, heute geht's mir schon wieder viel besser. Ich geh also wieder zu Van Straeten..."

„Mit Gewalt."

„Jetzt reicht's aber, mein Lieber! Was soll die alberne Erbsenzählerei? Und Ihre Sondervollmachten, wie ist das damit, hm?"

„Wer hat Ihnen eine ausgestellt?"

„Ich selbst. An dem Tag, als ich die Nase in diesen Beruf gesteckt hab. Dafür brauch ich nicht die Meinung von sechshundert Hornochsen, die sich in einem fensterlosen Stall beraten. Ich nehm mir das Recht, das ich brauche, um mich für meine Klienten rumzuschlagen. Sonst interessiert mich gar nichts. Und mit solchem Gesindel wie Van Straeten spring ich anders um als mit einem schutzlosen Waisenkind."

„Schon gut. Wir wollten uns doch nicht anschnauzen. Weiter."

„Ich geh also zu unserem Magier. Find aber nicht das mindeste."

„Das nennen Sie ‚nicht das mindeste'?"

„Ich meinte, nichts im Zusammenhang mit unserem Selbstmörder. Also, glauben Sie mir: Inspektor Masoultre so wiederzusehen, in Scheiben geschnitten, das hat schon Eindruck auf mich gemacht. Doch. So sehr, daß ich nicht mal gehört hab, wie Van Straeten reingekommen ist. Hat mich auf dem falschen Fuß erwischt. Kurz darauf hab ich versucht zu entwischen. Da hat er geschossen, ich bin ausgewichen... Nur das Ohr hat was abgekriegt, und die Augen. Und dann... äh... dann, na ja, bin ich noch niedergeschlagen worden... und ab in die Tiefparterre. Das ist alles, was ich weiß. Als ich wieder auftauche, seh ich Van Straeten neben mir, tot, wenigstens zwei Kugeln im Rücken. Nicht von mir."

„Sie sind auch nicht angeklagt, mein Lieber. Hatte Van Straetens Kanone irgendwas Besonderes an sich?"

„Einen Schalldämpfer. Lag eben auf dem Tisch, bei Ihrem Kollegen am Panthéon."

„Und damit ist er erschossen worden. Mit seiner eigenen Knarre. Die ist in den letzten Tagen häufiger gebraucht worden."

„Ach ja?"

„Ja."

„Ich glaub, ich hab sie ihm aus der Hand geschlagen. Was meinen Sie... was ist passiert?"

„Hm... und Sie?"

„Äh... Während wir wir uns miteinander rumschlagen, kommt zufällig noch einer vorbei. Einer, der Van Straeten nicht grade ins Herz geschlossen hat. Er nutzt die Situation aus. Schnappt sich die Kanone und erschießt Van Straeten. Gegen mich hat er nichts Besonderes, haut mir nur was auf die Rübe."

„Ja. So etwa muß das wohl abgelaufen sein. War wohl einer von denen, die Van Straeten zu Ader gelassen hat. Deswegen hab ich Sie eben nach dem Namen von dem gefragt, der den Erpresser am Mittwoch schon verprügelt hat... Wenn ich daran denke, daß ich den Mörder dieses Schweins suchen muß, krieg ich Bauchschmerzen", fügte er bitter hinzu. „Aber das gehört nun mal zu unseren Pflichten."

„Glaub nicht, daß der Junge von Mittwoch der Mörder ist. Der war seine Rache schon losgeworden. Hm... Was haben Sie gesagt? Van Straetens Revolver ist in der letzten Zeit häufiger gebraucht worden?"

„Ja. Erst für Inspektor Masoultre. Nehmen wir jedenfalls an. Und gestern nachmittag hat er damit einen Schwarzen umgebracht, an der Place de la Contrescarpe."

„Im Ernst?"

„Ja. Vielleicht wissen Sie Bescheid?"

„Scheiße! Wie sollte ich?"

„Regen Sie sich ab. Sollte ein Witz sein."

„Sie mit Ihren komischen Witzen."

„Aber Sie!"

„Was hatte er gegen den Neger? War er ihm zu schwarz?"

„Zu naiv, glaub ich."

„Ach, die Unschuld vom Lande!"

„Genau. Lachen Sie nicht. Es ist ernst. Das war folgendermaßen: Heute nacht war ein richtiges Scheißwetter. Regen, Wind usw. Vor allem Wind. So stark, daß das Fenster in der Wohnung des Schwarzen aufging. Toussaint Lanouvelle hieß der. Es gab Durchzug, die Tür war schlecht geschlossen und sprang auf. Die Flurnachbarn, alles Studenten, haben dann heute morgen die Leiche ihres Kommilitonen durch die offene Tür gesehen und natürlich sofort die Polizei alarmiert."

„Für einen Samstag hatten Ihre Kollegen im Quartier latin ganz schön was zu tun, hm?"

„Ja, nicht schlecht."

„Woher wissen Sie, daß Van Straeten den Neger abgeknallt hat?"

„Der Revolver. Dasselbe Kaliber. Irrtum ausgeschlossen."

Ich pfiff bewundernd durch die Zähne.

„Sie können ja richtig schnell sein, wenn Sie nur wollen. Nichts mit ruhiger Kugel und so."

„Einer von unseren Männern ist umgelegt worden, mein Lieber. Das beflügelt uns."

Er bedeckte seine Augen mit der Hand.

„Unter uns gesagt, finden Sie das nicht saublöd? Man regt sich auf, rennt hin und her, und warum? Masoultre werden wir sowieso nicht wieder zusammenflicken können. Das einzige, was wir können: den Mörder seines Mörders schnappen. Mein Gott! Wenn ich wüßte, wer's ist, würd ich ihm lieber 'ne Fahrkarte mitbringen als Handschellen. Na ja... Übrigens hat Van Straeten Masoultre nicht alleine erledigt. Wir suchen nach seinen Komplizen. Vielleicht gelingt uns ein interessanter Fang."

„Wünsch ich Ihnen von ganzem Herzen. Wie ist das wohl abgelaufen? Ich meine das mit Masoultre."

„Davon reden wir später noch. Erst mal das Ende der Geschichte mit dem Neger. Lanouvelle."

„War die denn noch nicht zu Ende?"

„Nein. In seiner Wohnung lag noch eine Leiche. Ein junges Mädchen... war aber kein junges Mädchen mehr... was man so darunter versteht. Ist bei einer Abtreibung gestorben."

„Und der tote Magier hat auch dabei seine Finger im Spiel?"

„Tja... Wirklich, wir hängen dem Schwein 'ne Menge an, aber, na ja... es waren böse Gerüchte über ihn im Umlauf... sagen wir, unerlaubte Ausübung des Arztberufs."

„Verstehe."

„Eine hübsche Kleine", sagte Faroux, wie zu sich selbst. „Keine umwerfende Schönheit, aber nicht schlecht. Jurastudentin. Ihr Vater hatte am Quai de Gesvres eine Vermißtenanzeige aufgegeben. Yolande Lachal hieß das Mädchen."

Darauf hatte ich gewartet.

„Yolande Lachal? Hören Sie... Auch wenn Sie sich gleich weiß Gott was vorstellen. Aber ich kenn wohl eine Yolande. Hab sie einmal gesehen. Eine Freundin von Jacqueline Carrier."

„Sie und Ihre Weiber!"

„Vielleicht ist das ein und dieselbe", bohrte ich weiter.

„Vielleicht."
„Na, so was!"
„Die Welt ist klein und Paris ein Dorf..."
Er wechselte das Thema.
„Sieht fast so aus, als vernachlässigten Sie Ihre Pfeife."
„Sie haben mir verboten, sie mittendrin..."
„Bitte, bitte! Zünden Sie sie ruhig an."
Er stand auf.
„Entschuldigen Sie mich, muß mal schnell aufs Örtchen."
Er ging raus. Ich wartete, Pfeife im Mund, Augen geschlossen. Sie brannten nämlich noch immer, vor allem bei Lampenlicht.

Aufs Örtchen! Von wegen! Wird mir ein schönes Örtchen sein.

Er kam zurück. Ich öffnete die Augen und sah ihn neben einem Flic und einem jungen Schwarzen, der meinen Augen aber überhaupt nicht gut tat: der Fensterputzer des *Bal antillais* von der Place de la Contrescarpe. Den ich nach der genauen Lage von Toussaint Lanouvelles Wohnung gefragt hatte.

13.
Wiederbelebung (II)

„Und?" fragte Faroux.
Er streckte das Kinn in meine Richtung.
„Ist er's?"
„Ja, M'ssié", antwortete der Schwarze. „Ist er. Könnte schwören. Bes-timmt. Ich erkenne schönen Kopf von Kuh. Eine originell Pfeif."
„Stierkopf", stellte ich richtig.
„Stierkopf, wenn meinen M'ssié. Zu Dienst."
Für diesen Dienst gab ich ihm aber kein Trinkgeld.
„Schluß jetzt", mischte sich Faroux ein. „Vielen Dank."
Er schickte den Schwarzen samt Inspektor raus.
„So", sagte der Kommissar und setzte sich. „Sie sollten doch besser aufhören zu rauchen."
Resigniert hob ich die Schultern.
„Was soll's? Meine Laster sind mein Untergang."
„Und jetzt fangen wir nochmal ganz von vorne an."
„Wie, von vorne? Ich hab Ihnen nur die Sache mit der Place de la Contrescarpe verschwiegen. Kann ich Ihnen aber erklären."
„Nur zu. Was hatten Sie nun da schon wieder zu suchen?"
„Yolande. Wollte zu ihr, und Jacqueline hat mir gesagt, ich könnte sie bei ihrem Geliebten antreffen."
„Warum?"
„Weil sie vielleicht seine Geliebte war, mein Gott."
„Ich will wissen, warum Sie zu ihr wollten."
„Weil sie ebenfalls Paul Leverrier gekannt hatte."
„Also ein Scheinbesuch während der laufenden Scheinermittlung?"

„Nicht ganz. Ich hatte mir Van Straeten schon angesehen. Ein paar Informationen mehr über den Burschen konnte ich gut gebrauchen. Ich wußte nicht, ob das Mädchen den Magier kannte. Aber es konnte gut sein. Viele Studenten kennen ihn. Ich fahre also zur Place de la Contrescarpe, und kaum bin ich da..."

Ich erzählte das ganze Drama.

„Und zermartern Sie sich nicht das Hirn darüber, ob Van Straeten an Yolandes Tod beteiligt war oder nicht. Die Brille des Mädchens liegt bei ihm rum. Vielleicht kein Beweis, aber ich finde, es reicht. Man muß sich doch nur seinen Lebenslauf ansehen..."

„Ja", stimmte Faroux mir zu. „Und wo liegt die Brille?"

Ich sagte es ihm. Er saß einen Moment nachdenklich da, ganz in Anspruch genommen von der Herstellung einer kunsthandwerklichen Zigarette. Dann sah er mir direkt in die Augen.

„Und was verschweigen Sie mir sonst noch?"

„Absolut nichts. Sie haben mich völlig ausgesaugt. Außerdem hört der Spaß auf, wenn ein Flic dran glauben mußte. So schlau bin ich."

Kurzes Schweigen. Die Tür nebenan wurde zugeschlagen. Eilige Schritte auf dem Flur. Geschimpfe, so als wurde da jemand unsanft aufgefordert, einen Schritt zuzulegen. Bestimmt ein Straffälliger, der zwar nichts mit dem Mord an dem Inspektor zu tun hatte, aber trotzdem die Folgen zu spüren kriegte.

„Masoultre", seufzte der Kommissar. „Das arme Mädchen. Hatte sich also diesem Metzger ausgeliefert. Ich meine Van Straeten. Vielleicht zu spät. Ist ihr schlecht bekommen. Und dann taucht Masoultre in der Höhle des Löwen auf, überrascht die ganze Mannschaft im entscheidenden Augenblick..."

„Der Schwarze und der Rote links und rechts neben der Leiche der Weißen", sagte ich. „Ich seh das Bild vor mir."

„Ja, ein hübsches Bild."

„Was wollte er eigentlich in der Rue Rollin, Masoultre? Wissen Sie das?"

„Nein. Wir hatten nur von ihm kein Lebenszeichen mehr seit..."

Er nahm die Finger zur Hilfe, um die zurückliegenden Tage zu zählen.

„... Donnerstag. Bis Mittwoch abend saß er an einem Fall, den er noch abgeschlossen hat. Donnerstag kam er dann nicht mehr ins Büro. Seine Kollegen dachten, er sei krank. Blaumachen kam bei ihm ja nicht in Frage. Aber es war schon seltsam, daß er sich nicht abgemeldet hatte. Masoultre war ledig. Seine Vermieterin wußte von nichts. Jedenfalls war er nicht zu Hause."

„Natürlich kam keiner auf die Idee, bei Van Straeten nach ihm zu suchen?"

„Natürlich nicht. Warum ausgerechnet bei dem? Was, um Himmels willen, sollten wir bei Van Straeten?"

„Ich bin kein kleiner Junge mehr, Faroux. Mir kommt da so eine Idee. Wundert mich, daß sie da nicht auch draufgekommen sind. Diese Kerle tanzen oft auf mehreren Hochzeiten. Vielleicht hat Masoultre gewisse Beziehungen zu ihm unterhalten..."

„Sie wollen doch wohl nicht sein Andenken beschmutzen, hm?"

„Werde mich hüten! Vor allem in diesem Haus. Aber es könnte doch sein, daß Van Straeten einer seiner Spitzel war. Ich weiß doch, wie man Polizei spielt. Wie gesagt: ich bin kein kleiner Junge mehr."

„Davon ist uns nichts bekannt. Aber kann schon sein. Das würde erklären, wie er zu dem Magier in die Wohnung kommen konnte... vielleicht hatte er einen Schlüssel. Aber, wie gesagt, wir haben keine Ahnung. Wir wissen nur, daß seine Einzelteile in Kalk eingelegt sind."

Bravo, Nestor! Du hast ihm soeben eine plausible Erklärung – aber nicht die richtige – für das Auftauchen des Inspektors bei Van Straeten geliefert. Mit etwas Glück wird er sich damit zufriedengeben. Und ich kann in aller Ruhe weiter recherieren. Bin mir nur noch nicht über die Richtung im klaren. Aber wenn es was rauszukriegen gibt, möchte ich's alleine rauskriegen und nicht dabei behindert werden.

„Um auf das hübsche Bild von eben zurückzukommen", sagte ich. „Muß eine Riesenüberraschung gewesen sein. Van Straeten, Spitzel oder nicht, brauchte sich keine falschen Hoffnungen zu machen. Masoultre würde Yolandes Tod nicht vertuschen. Also bringt er den Inspektor um. Und da stehen die beiden, jeder mit seiner Leiche auf dem Arm. Verbrüderung der Rassen im allgemeinen Mordsärger. Ein Glück – für den Moment jedenfalls –, daß der halbverrückte Toussaint Lanouvelle die Leiche seiner Geliebten mit nach Hause nimmt, bestimmt in seiner alten Karre."

„Wir haben den Wagen sichergestellt", sagte Faroux.

„Man wird bestimmt Blut auf den Polstern finden..."

Man fand es tatsächlich, wie ich später erfuhr.

„Er nimmt also Yolandes Leiche mit", fuhr ich fort, „und bahrt sie auf. Für Van Straeten bedeutete das immerhin eine Leiche weniger. Bleibt nur noch eine, mit der er sich abquälen muß. Er besorgt sich ungelöschten Kalk, dazu Sägen aus der Chirurgie, und verpaßt seinen Türen Riegel. So ist er vor jedem unpassenden Überraschungsbesuch sicher und kann sich an die Kleinarbeit machen. Eine mühsame Arbeit, bei der man aber den Kopf völlig frei hat. Unser Metzger überlegt. Einerseits ist es prima, daß der Schwarze ihm Yolande vom Hals geschafft hat. Aber andererseits ist der unglückliche Liebhaber unberechenbar – oder *zu* berechenbar. Früher oder später wird er geschnappt werden und auspacken. Also muß er ihn umlegen. Dabei riskiert er nicht allzuviel. Ich glaub nicht, daß er von den Bekannten des Liebespaares viel zu befürchten hatte. Sie haben den Zustand des Mädchens bestimmt geheimgehalten und auch das, was sie vorhatten."

Ich mußte erst mal Luft holen. Faroux schwieg.

„Ja", sagte er schließlich. „Wir haben etwa denselben Hergang rekonstruiert."

Das Telefon klingelte.

„Hallo?" meldete ich der Kommissar. „Ja... Ach!... Ich notiere..."

Er nahm Papier und Bleistift.

„Ja... 284 DV 75... oder 237DV 75... Was?... Ah!... BU?... Kann er nicht genau sagen?... Na gut, das wär dann die dritte Nummer... wie immer... ja..."

Er legte auf.

„Scheiß was drauf", knurrte er, knüllte den Zettel mit den Zahlen zusammen und schnippte ihn in den Papierkorb.

„Der Junge, der uns heute morgen verständigt hat", erklärte er und sah mich an. „Die Schüsse waren kaum zu hören, aber er hat Van Straetens Mörder im gestreckten Galopp aus dem Pavillon laufen sehen und sich instinktiv die Autonummer gemerkt. Dann ist er zu Van Straeten reingegangen. Die Tür stand auf. Erst mal ist er umgekippt. Dann ist er wieder zu sich gekommen, hat die Nachbarschaft alarmiert und ist wieder umgekippt. Er steht noch unter Schock und weiß die Autonummer nicht mehr ganz genau. Und den Mörder beschreiben... Fehlanzeige!"

Er hob resigniert die Schultern.

„Scheiß was drauf", wiederholte er. „Das ist Van Straetens Mörder, nicht der von Masoultre."

Er versank wieder in tiefes Schweigen. Plötzlich tauchte er wieder auf.

„Sie können verschwinden, Burma. Ich könnte sie hierbehalten. Damit Sie endlich mal lernen, sich nicht da rumzutreiben, wo Sie nichts zu suchen haben. Trotzdem... ich kenn Sie zwar, aber das heißt noch lange nicht, daß ich Ihnen keinen Ärger machen kann. Nur... dieses Schwein war den Strick nicht wert, mit dem man ihn hätte aufhängen sollen. Hat das gekriegt, was er verdient hat. Und Ihnen seinetwegen das Leben schwer machen... Hauen Sie ab! Aber laufen Sie mir nicht wieder zwischen den Beinen rum. Ich werd nicht dafür bezahlt, Privatflics vor sich selbst zu schützen."

„Ich geh jetzt nach Hause, mich pflegen. Meinen Kopf, mein Ohr und meine Augen."

„Das Beste, was Sie tun können."

Er stand auf. Wir gingen zur Tür. Er lachte:

„Was hab ich Ihnen neulich gesagt? Kommen Sie doch nur einmal zum Vergnügen zu mir. Fürchte, das wird nicht möglich sein."

„Tja. Masoultre war zum Vergnügen hier. Hat ganz sicher nicht damit gerechnet, daß unser nächstes Gespräch sich hauptsächlich um ihn drehen würde."

„Armer Masoultre! War kein übler Bursche. Ist mir mit seinem Gequatsche manchmal auf den Wecker gefallen, mit seinen Ticks, seinem Übereifer, obwohl... er war gar kein Anfänger mehr. Ich mochte ihn eigentlich."

Ja, sein Übereifer! Der war sein Verhängnis. War mir wieder eingefallen, als ich seine gesammelten Teile entdeckt hatte. Im Laufe unseres Gesprächs am vergangenen Dienstag hatte der Inspektor sich plötzlich anders verhalten. Sogar seine Stimme hatte sich verändert. Als wir den Fall Paul Leverrier gemeinsam nochmal durchsprachen, war ihm etwas eingefallen, was er unbedingt klären mußte. Er ging also zu Van Straeten, seinem Spitzel. Warum nicht? Hatte sich nur den falschen Zeitpunkt ausgesucht. Diesem Van Straeten saß der Revolver wirklich sehr locker!

„Guten Abend, Faroux."

„Guten Abend."

Wir gaben uns die Hand.

Mit dröhnendem Kopf ging ich die Treppe runter. Die Augen brannten wie der Teufel.

Überall in dem furchterregenden Gebäude hörte man es summen und brummen. Es wurde fieberhaft gearbeitet.

Ein Mann der Kripo war getötet worden!

14.
„Sprich, furchtbar Haupt..."

Draußen war es schon dunkel. Mein Auto stand wohl noch in der Rue Rollin, wenn die Flics es nicht abgeschleppt hatten. Ich hätte Florimond Faroux fragen können. Jedenfalls war ich zu kaputt, um es abzuholen.

Ich hatte Hunger und ging über den Pont Saint-Michel, um bei einem Griechen in der Rue de la Harpe eine Kleinigkeit zu mir zu nehmen.

Beim Essen las ich die Abendzeitungen. Es wurde ganz schön was zusammengeschrieben über die Ereignisse im Quartier latin. Im *Crépuscule*, *France-Soir* und *Paris-Presse* stand, der Privatdetektiv Nestor Burma sei in diese Vorfälle verwickelt. Ich mußte mich wohl auf einige Telefonanrufe von meinem Freund Marc Covet, dem trinkfreudigen Journalisten, gefaßt machen.

Ich verließ das griechische Lokal und fuhr im Taxi nach Hause. Dort angekommen, zog ich mich aus, verband meinen schmerzenden Nacken und das halbabgerissene Ohr, kühlte meine brennenden Augen und haute mich in die Falle. Im Moment kam für mich kein anderes Programm in Frage. Vorher stellte ich aber noch das Telefon ab, um Marc Covet und seine Kollegen zu entmutigen. Ich hatte niemandem was zu erzählen, keine Erklärungen abzugeben, kein Kommuniqué. Ich war nur ein einfacher Privatdetektiv, der mit seiner Arbeit seit dem ersten Tag der Untersuchung keinen Schritt vorangekommen war. Um mich herum krepierten die Menschen wie die Fliegen, während es in dem großen Paris so viele ruhige Orte gibt. Aber das wäre zuviel verlangt gewesen.

Ich legte mich hin, Pfeife im Mund, vor mir die Ausgabe

von *Les Fleurs du Mal,* die ich von meiner Expedition in Van Straetens „Werkstatt" mitgebracht hatte.

Das Exlibris war zum Teil abgerissen, aber ganz einwandfrei das gleiche, das ich bei Dr. Leverrier in einem seiner Bücher gesehen hatte. Der Name Paul Leverrier stand mit Tinte auf dem Einband. Der Gedichtband hatte also dem Studenten gehört, der selbst kein eigenes Exlibris besessen und das seines Vaters genommen hatte, weil es künstlerisch sehr reizvoll war.

Ich fragte mich, ob der Geheimnisvolle, der Mauguio niedergeschlagen hatte – für mich war er jetzt gar nicht mehr geheimnisvoll, ich war überzeugt, daß er Van Straeten hieß – ob also der nicht mehr Geheimnisvolle dieses Buch in Jacquelines Zimmer gesucht hatte. (Bei dem Gedanken an Mauguio und seine Beule verspürte ich wieder einen stechenden Schmerz im Nacken.) Dann hatte er also das Gesuchte gefunden und mitgenommen. Und dann verdiente dieses Buch meine besonere Aufmerksamkeit.

Ich mußte lachen. Es war schon ziemlich lustig. Irgendwie sollte ein Buch die Hauptrolle in diesem Fall spielen. Natürlich! Im Quartier des Ecoles! Zuerst war ich einem Band über das Theater hinterhergejagt, und jetzt hielt ich *Les Fleurs du Mal* in der Hand.

Ich fing an zu blättern, überflog ein paar Verse. Das Gedicht *Eine Märtyrin, Zeichnung eines unbekannten Meisters,* erregte meine besondere Aufmerksamkeit. Die zweite Strophe war mit dem Fingernagel unterstrichen worden.

Im engen Zimmer, drin wie zwischen Treibhauswänden
Bedrückend schwül die Luft,
Wo in kristallnem Sarg sterbende Blumen spenden
Den schalen Moderduft...

Ich las weiter. Dieses Gedicht hatte ich völlig vergessen seit der Zeit, als ich mich mit Baudelaire beschäftigt hatte. Jetzt entdeckte ich darin merkwürdige Zusammenhänge mit dem, was um mich herum geschehen war, vor allem heute. Wie ein Bild, das sich an die Wirklichkeit annähert, sich von hinten anschleicht, verblüffend ähnlich wird. Das hatte bestimmt etwas zu bedeuten. Oder sollte mein Fieber...

Da läßt auf seidnen Pfühl sein rotes Blut entfließen
Ein Leichnam ohne Haupt;
Das Kissen saugt den Strom voll Gier wie trockne Wiesen,
Die durstig und verstaubt.

Und bleichem Spukbild gleich, das ich voll Grauen wähne
Dem Schattenreich entrückt,
Seh' ich ein düstres Haupt mit wirrer, dunkler Mähne
gold- und juwelgeschmückt

Starr auf dem Nachttisch ruhn, – fast gleicht es der Ranunkel,
Gedankenlos und leer
Stiehlt sich ein bleicher Blick, dämmernd aus fahlem Dunkel,
Unsicher zu mir her.

Der Rumpf ruht auf dem Bett. Nackt, sorglos hingegeben
Enthüllt er ohne Acht
Den unheilvollen Reiz, den ihm Natur gegeben,
Unseliger Schönheit Macht.

Ein rosafarbner Strumpf, umsäumt von goldnen Spitzen,
Blieb noch am Fuß zurück,
Das Strumpfband leuchtet auf wie eines Auge Blitzen
Und schießt demant'nen Blick.

Die vorletzte Strophe und die beiden Verse der Strophe davor waren ebenfalls mit dem Fingernagel unterstrichen worden:

Hat er, sprich furchtbar Haupt, auf deine kalten Zähne
Den letzten Kuß gebrannt?

*Ruh aus, der Welt entrückt, fern ihrem Spott und Grolle
Und strengem Richterstab,
In Frieden ruhe aus, du fremd Geheimnisvolle
Im wunderlichen Grab.*

Ich knipste das Licht aus und schloß die Augen. Nicht um friedlich einzuschlafen wie die rätselhafte, verstümmelte Leiche, sondern um nachzudenken. Außerdem taten mir die Augen weh. Ich hätte nicht so angestrengt lesen sollen. Das Brennen wurde dadurch immer unerträglicher.

Das Buch lag aufgeschlagen auf dem Bett, meine Hand auf dem Buch. Wahrscheinlich hatte ich Angst, daß es mir geklaut würde. Die Hand wanderte über die betreffende Seite, und meine Finger ertasteten winzige Höcker.

Ich machte wieder Licht und nahm das Buch.

Kein Zweifel!

Die Nadeleinstiche waren meinen müden, geschundenen Augen entgangen. Jeder Einstich entsprach einem Buchstaben aus dem Gedicht.

Ich stand auf und kühlte mir im Badezimmer die Augen. Dann sah ich mir die Sache noch mal genauer an. Mit ganz anderen Augen, wie man so sagt.

Ich brauchte lange, um die Botschaft zu entschlüsseln, Buchstabe für Buchstabe. Die Orthographie war den vorhandenen Wörtern angepaßt, z.B. ein g für ein *j*, *ein* für *nie* usw. Aber schließlich kriegte ich's raus.

Um viertel nach elf – dreiunzwanzig Uhr fünfzehn nach offizieller Zeitansage – nahm ich den Hörer und wählte die Nummer von Colin des Cayeux.

„Hallo. Mademoiselle Carrier, bitte. Nestor Burma am Apparat."

„Augenblick, Monsieur."

„Hallo?" meldete sich kurz darauf das Mädchen mit dem Keuschheitsgürtel sehr erregt. „Monsieur Burma?"

„Ja. Guten Abend."

„Was ist los, Monsieur? Ich bin ganz durcheinander. Hab in der Zeitung gelesen..."

„Das erklär ich Ihnen später. Nächste Woche vielleicht. Jetzt muß ich Sie was fragen."

„Ja, Monsieur?"

„Haben Sie bei Pauls Sachen ein teures Exemplar von Baudelaire gesehen, *Les Fleurs du Mal?*"

„Ja, natürlich. Aber ich hab das Buch nicht mehr."

„Was haben Sie damit gemacht?"

„Nichts. Als Paul... ich meine... also, das Buch war nicht bei Pauls Sachen, die ich behalten habe nach... nach seinem Tod."

„Aber es konnte jemand vermuten, daß es bei Ihnen war?"

„Ja... vielleicht. Haben Sie was rausgekriegt, Monsieur?"

„Ich bin noch dabei."

„Komisch, daß Sie mich nach dem Buch fragen... daß Sie sich ausgerechnet dafür interessieren."

„Warum?"

„Mir hat's nie gefallen."

„Ach, wissen Sie, Geschmack und Farben..."

„Das meine ich nicht. Mir hat es nie gefallen, weil... Paul hat oft drin gelesen. Ich hatte immer das Gefühl, es machte ihn traurig. Oh, Monsieur! Sie haben was rausgekriegt, ja? Und was da heute passiert ist..."

„... erklär ich Ihnen später. Guten Abend, Jacqueline. Ziehen Sie sich nett aus und verlieren Sie den Gürtel nicht."

„Oh, Monsieur Burma!"

Ich legte auf.

Dann nahm ich nochmal die Blumen des Bösen in die Hand.

„Alter Freund", sagte ich, „deine Verse haben ihn traurig gemacht."

Mit gutem Grund.

15.
Die Motive

 Zwölf Stunden später, es war inzwischen Sonntag vormittag, klingelte es lebhaft an der Tür. Ich zog meinen Morgenmantel über und öffnete. Vor mir stand Hélène in ihrem Pelzmantel, leichenblaß.

„Großer Gott!" rief ich. „Ist das die Aufregung, mich wiederzusehen? Nach allem was Sie über mich in der Zeitung gelesen haben? Oder schleppen Sie sich immer noch mit Ihrer gottverfluchten Grippe rum?"

„Das kommt von der Grippe", antwortete sie lächelnd.

„Sie sind drauf abonniert..."

Ich bat sie in mein chaotisches Zimmer.

„Von Rückfall zu Rückfall, ja, ja..."

„Ich hab sie durchgehend."

Sie setzte sich und schlug die Beine übereinander. Mit oder ohne Grippe, die Beine bleiben hübsch.

„Neulich hab ich Ihnen erzählt, ich wär sie los. Aber das stimmte nicht."

„Hab ich gemerkt."

„Ich wollte nur, daß Sie mich besuchten. Ich hatte Langeweile."

„Sie halten mich für sehr mutig."

„Kann sein."

„Und Sie wußten, daß Sie mich noch anstecken konnten?"

„Natürlich!"

„Hexe!"

„Wollen Sie sich beklagen? Hexen sind immer schöne Frauen."

„Hm... Aber ich dachte, Ihr Arzt..."

„War gelogen! Er hat mir nicht gesagt, ich sei gesund. Dachten Sie wirklich, er hätte sich geirrt?"

„Zum Donnerwetter, ja!"

Sie lachte.

„Glauben Sie nicht, daß Ärzte in diesem Punkt irren, mein armer Schatz. Sonst gibt's Ärger. Und nicht nur mit der Ärztekammer."

Ich kriegte ihr Handgelenk zu fassen. Der Virus war mir jetzt egal.

„Was wollen Sie damit sagen, Sie kleine Nervensäge?"

„Lassen Sie mich los. Sie tun mir weh!"

Ich nutzte die Situation aus und küßte sie. War mir wirklich scheißegal, der Virus. Dann ließ ich sie los und wischte mir den Lippenstift ab. Hätte das Zeug fast zum Frühstück verspeist.

„Los, Kleine", sagte ich. „Was soll das Gerede über die Ärzte mit ihren Kunstfehlern?"

„Ach, nichts weiter. Ich wollte Ihnen etwas mitbringen, aber es hat nicht geklappt. Na ja, Sie werden sehen. Sie haben ja Übung darin, den Spreu vom Weizen zu trennen. Ich war auch nicht untätig, gestern und vorgestern. Werd's Ihnen gleich erzählen. Aber zuerst sagen Sie mir, was an den Schlagzeilen dran ist... mit diesem Van Straeten, dem Schwarzen, mit dieser Yolande usw. Ihr Bericht wird bestimmt informativer sein als das, was ich gelesen habe."

Ich setzte sie ins Bild. Sie sollte was hören für ihr Geld, mehr als in den Zeitungen stand. Aber alles erzählte ich ihr nicht.

„Und wer hat Ihrer Meinung nach den Magier getötet?" fragte sie.

„Wahrscheinlich einer seiner ‚Kunden'. Kam zufällig vorbei und nutzte die günstige Gelegenheit aus. Und mich hat er außer Gefecht gesetzt, damit ich ihn nicht bei seiner Abrechnung störte und nicht gegen ihn aussagen konnte."

„Keine andre Idee?"

„Keine."

„Und de Bugemont?"

„Ausgeschlossen. Und jetzt Sie."

„Also... Neulich hab ich Ihnen doch am Telefon Hilfe angeboten. Erinnern Sie sich? Sie lagen auf der Nase. Meine Schuld. Deswegen wollte ich Ihnen helfen. Galant, wie Sie sind, haben Sie mich zum Teufel geschickt. Hab mich aber nicht abschrecken lassen. Wenn Ihre kleine Hélène sich etwas in den Kopf setzt, läßt sie sich nicht davon abbringen. Trotz Grippe hab ich über jemanden ein paar Erkundigungen eingezogen."

„Über wen?"

„Dr. Leverrier... Reißen Sie die Augen nicht so weit auf, die sehen schon in Normalgröße schrecklich genug aus. Davon hätten Sie blind werden können..."

„... und Sie nicht mehr bewundern können. Na ja, anfassen wäre noch gegangen."

„Pfoten weg!" sagte sie. „Ich laß mich nicht befummeln. Jedenfalls nicht am frühen Morgen."

„Wir haben ja noch Zeit genug. Aber weiter."

„Mir kam es seltsam vor, daß ein Arzt seiner Frau nicht helfen konnte."

„Ärzte sterben wie wir, samt ihren Angehörigen."

„Schon möglich, aber trotzdem... Ich hab also Erkundigungen eingezogen."

„Und was ist dabei rausgekommen?"

„Nicht viel. Hatte mir mehr erhofft."

„Also, was?"

„Erstens: Leverrier hat eine Geliebte."

„Wie furchtbar! Aber, liebe Hélène, er ist seit drei Jahren Witwer. Und Arzt. Er weiß besser als jeder andere über Hygiene Bescheid."

„Bitte! Verschonen Sie mich mit Ihrem Zynismus. Vielleicht hatte er seine Geliebte schon, als seine Frau noch lebte."

„Aber genau wissen Sie das nicht?"

„Nein. Nur, daß sie nicht zusammenleben. Getrennte Haushalte. Die Frau ist geschieden, heißt Lucienne Darbaud und wohnt in der Rue Pierre-Nicole, etwas oberhalb vom

Collège Sévigné, auf der anderen Seite. Sie ist mindestens zwanzig Jahre jünger."

„Und zweitens?"

„Äh... Sie machen sich über mich lustig. Na ja, egal. Hab mir gedacht, daß Leverrier die Krankheit seiner Frau ausgenutzt hat, um sie sterben zu lassen. Ich hab also unsere Bekannten aus der Versicherungsbranche abgeklappert."

„Warum?"

„Begreifen Sie nicht? Wenn Madame Leverrier eine Lebensversicherung hatte..."

„Aha! Und hatte sie eine?"

„Ja und nein."

„Versteh ich nicht."

„Sie hatte mal eine, beim *Doppeladler*. Etwa ein halbes Jahr, bevor sie krank wurde, hat ihr Mann den Vertrag gekündigt. Bleibt also nur noch die Möglichkeit, daß er seine Frau wegen der großen Liebe loswerden wollte. Finanzielles Interesse scheidet aus."

„Und sofort steigt er in Ihrer Achtung, hm?"

Sie zuckte die Achseln.

„Weder gestiegen noch gesunken. Ich bin nur meinem Instinkt gefolgt. Auf jeden Fall hat er die Bahn freigemacht."

„Danke, Chérie. Aber was ich suche, sind Pauls Gründe für den Selbstmord."

„Haben Sie immer noch keinen gefunden."

„Vielleicht eine Spur. Dr. Leverrier ist Gynäkologe. Alles spricht dafür, daß er den ärztlichen Ehrenkodex mehr als einmal verletzt hat. In gewissen Fällen, wenn Sie verstehen. Paul war in dieser Frage kompromißlos. Als er von dem Treiben seines Vaters erfuhr, war seine Ehre verletzt, und er hat seinem Leben ein Ende gesetzt."

„Oh! Aber... mein Gott! Yolande..."

„Nein. Das war Kurpfuscherei, Marke Van Straeten. Dr. Leverrier kennt sich da besser aus... Und was machen wir jetzt mit dem angebrochenen Vormittag? Ziehen Sie sich aus, oder soll ich mich anziehen?"

„Ziehen Sie sich an", bestimmte sie schroff. „Werfen wir unsere Mikroben in einen Topf, und lassen wir sie in irgendeinem Kino wieder frei."

Ich schlurfte ins Badezimmer. Als ich zurückkam, saß Hélène auf meinem Bett und blätterte in *Les Fleurs du Mal*.

„Dieses Buch", erklärte ich und nahm es ihr aus der Hand, „ist Paul Leverrier geklaut worden, von Van Straeten. Bestimmt in der Nacht, als er sich das Leben genommen hat. Morgen oder übermorgen bring ich's seinem Vater."

„Und inzwischen lesen Sie darin. Es lag auf Ihrem Nachttisch."

„Ja. Seit gestern sauge ich mich wieder mit Baudelaire voll. Ein ausgezeichnetes Buch. Möchte nicht wissen, was ohne die Verse aus mir geworden wäre."

Am Montag glänzte die Sonne durch Abwesenheit. Der Himmel hing tief und schwer über Paris. Ein schmutziggraues Wetter, kalt. Es sah nach Schnee aus. Gar nicht lustig.

Die Morgenzeitungen veröffentlichten eine Art Kommuniqué von Florimond Faroux über die „blutigen Ereignisse" an der Place de la Contrescarpe und der Rue Rollin. Den Flics war es gelungen, den „Kunstfotografen" zu schnappen, der für Van Straeten gearbeitet hatte, dazu zwei oder drei der Komplizen, die nach dem Vorbild Alexandres zu ähnlichen krummen Dingen verleitet worden waren. Aber keiner von ihnen konnte bisher überführt werden, am Mord an Inspektor Masoultre beteiligt gewesen zu sein.

Marc Covet und seine Kollegen aus der Pressewelt hatten bisher meine Sonntagsruhe respektiert. Aber nicht mehr lange. Der *Crépuscule* kündigte nämlich für bald eine Erklärung von mir zu dem ganzen Wirbel an. Das war garantiert Marc Covet. Hatte mich nicht mal gefragt. Besser, ich ging diesen Geiern aus dem Weg und verschwand so schnell wie möglich aus meiner Wohnung.

Vorher rief ich noch Faroux an. Wollte wissen, wo mein Auto stand. Wie vorauszusehen, war es abgeschleppt worden, zusammen mit dem Oldtimer von Toussaint Lanouvelle. Samstag war wohl Großreinemachen in der Gegend.

Ich ging zur angegebenen Autosammelstelle. Auf dem Boul' Mich' tauchte ich in der buntgemischten Menschenmenge unter.

Den ganzen Morgen über versuchte ich, Dr. Leverrier zu erreichen, aber immer ohne Erfolg. Ein Glück, daß ich seine ärztliche Hilfe nicht brauchte. Ich hätte inzwischen mausetot sein können. Nachmittags dasselbe. Wenn das so weiterging, mußte er noch lange auf sein Buch warten. Um acht Uhr abends hatte ich die Schnauze voll.

Ich parkte meine Wagen am Anfang der Rue Henri-Barbusse und ging hoch zu Leverriers Wohnung. Das ältliche Dienstmädchen öffnete mir die Tür. Dr. Leverrier? Oh, der ist nicht zu Hause. Nein, Monsieur. Monsieur hat eine Verabredung zum Abendessen und ist schon fortgegangen. Wohin? Ich fragte die gute Frau erst gar nicht. Konnte mir's schon denken.

Rue Pierre-Nicole. Die Frau, die mir in der Villa öffnete, gehörte offensichtlich derselben Kategorie an wie Leverriers Dienstmädchen.

„Zu Dr. Leverrier, bitte."

„Er ist nicht hier, Monsieur."

„Weiß ich. Das Gegenteil hätte mich überrascht. Wissen sie, wann er zurückkommt? Er ißt mit Madame Darbaud zu Abend, nicht wahr?"

„Ja, Monsieur. Bei Freunden. Sie werden bestimmt gegen elf zurückkommen."

Ich schlug die Zeit bis elf Uhr tot, so gut es ging. Mit meinen roten Kaninchenaugen kam Kino für mich nicht in Frage. Also machte ich einen Zug durch die Bistros.

Die schwarze Limousine kam vom Boulevard de Port-Royal. Das Straßenpflaster war etwas schmierig geworden. Seit ich Posten bezogen hatte, nieselte es leicht. Im Moment hatte es mal aufgehört, aber gleich würde es wieder anfangen. Ein böses Vorzeichen für die Nacht. Für diese Nacht gab es mehrere böse Vorzeichen. Der Wagen hielt vor der Villa. Ein Mann stieg aus, half seiner Begleiterin. Die Frau ging eilig ins Haus. Ich meinte, das Rascheln ihres Abendkleides zu hören. Aber das bildet man sich nur so ein. Die Haustür schloß sich hinter dem Paar. Die Außenbeleuchtung wurde ausgeschaltet. Dafür ging oben ein anderes Licht an, hinter den Gardinen eines Atelierfensters.

Ich sah auf die Uhr. Elf. Offensichtlich ruhige, friedliche Leute, ordentlich und korrekt. Und jetzt kam der schlecht erzogene Nestor Burma und störte ihre Ruhe.

Ich wartete noch fünf Minuten. Klopfte meine Pfeife aus, steckte sie ein, stieg aus dem Wagen und ging zur Villa. Ich läutete. Diesmal wurde die Tür nicht geöffnet, sondern nur ein Kläppchen, durch das ich begutachtet wurde.

„Zu Dr. Leverrier, bitte", sagte ich. „Es ist dringend."

„Oh! Ist jemand krank?"

„Kann man so sagen. Sagen Sie dem Doktor, Nestor Burma sei hier. Und sagen Sie ihm, es sei sehr wichtig, ich müsse ihn unbedingt sprechen."

Die Klappe fiel wieder.

„Hier entlang, bitte, Monsieur", sagte zwei Minuten später die Frau zu mir.

Ich folgte ihr über einen schönen roten Teppich die schmale Treppe hinauf. An den Wänden hingen Bilder hinter Glas. Oben gingen wir durch einen kleinen Flur, dann wurde ich in das Atelier geführt. Wenige, aber schöne Möbel, Bilder, Wandbehänge, ein Flügel. Geschickte Beleuchtung. Dr. Leverrier kam auf mich zu.

„Ich bin ein wenig erstaunt über Ihren Besuch", sagte er. „Was ist passiert? Ich hab in der Zeitung gelesen, daß... Wie zum Teufel haben Sie mich eigentlich hier gefunden?"

Ich lächelte.

„Ich bin Detektiv..."

„Ja, sicher, aber..."

Er sah zu der Frau hinüber. Sie saß in einem Sessel unter einem riesigen Bild von sich selbst. Aber ihr Freund hielt es nicht für nötig, mich ihr vorzustellen. Ein Privatdetektiv! Um diese Uhrzeit! Die Frau war etwa dreißig, schien groß, war hübsch, gute Figur. In ihrem Abendkleid wirkte sie kaum weniger nackt als auf der Leinwand über ihr. Sie sah mich mit einer Art feindlichem Erstaunen an.

„Was ist passiert?" wiederholte Leverrier.

„Ich hab was für Sie."

„Was?"

„Hab Sie den ganzen Tag über zu erreichen versucht."

Das war keine Antwort auf seine Frage. Der Ansicht war Leverrier auch.

„Also, worum geht es, Monsieur?" fragte er ungeduldig.

„Ich möchte Ihnen ein Buch zurückgeben, das Van Straeten Ihrem Sohn in der verhängnisvollen Nacht geklaut hat und ich wiederum Van Straeten."

Er biß sich auf die Lippen, schielte zu seiner Geliebten rüber und sah mich dann wieder direkt an.

„Schön", sagte er. „Ich bin in einer Viertelstunde bei mir."

„Schön", echote ich.

Ich verbeugte mich leicht zu der jungen Frau hin. Sie hatte sich nicht gerührt. Ihre Hand lag auf der Brust. Entweder unterstützte sie ihren Büstenhalter, oder aber sie kitzelte sich die Brustwarzen. War sie vielleicht verlegen? Eine sehr hübsche Puppe. Eine von denen, die „Mama" sagten, wenn man sie hinlegt. Der Grips in ihrem hübschen Köpfchen war etwa erbsengroß. Mit ihr besprach der Arzt bestimmt nicht seine Probleme.

Ich wartete auf dem Bürgersteig vor seinem Haus. Er kam, drückte auf den Knopf für den automatischen Türöffner, schwieg die ganze Zeit, sagte nur seinen Namen vor der Conciergesloge.

Wir standen wieder in der Bibliothek. Er warf Hut und Mantel auf einen Stuhl. Plötzlich fing er an zu lachen.

„Blödmann!" schimpfte er.

Meinte er mich oder sich selbst? Vielleicht uns beide. Ich

holte das Exemplar von *Les Fleurs du Mal* aus meiner Tasche und legte es auf den Tisch. Der Arzt war darauf vorbereitet, erschreckte sich aber dennoch.

„Hier", sagte ich. „Das ist zwar kein eindeutiger Beweis. Jeder beliebige kann in einem Buch mit einer Nadel Buchstaben durchstechen, die dann irgendeinen Satz ergeben. Kein eindeutiger Beweis. Aber, na ja ... Kein Rauch ohne Feuer."

Er schwieg, überlegte. Mein Benehmen verwirrte ihn. Damit hatte er nicht gerechnet.

„Sie denken jetzt sicher", fuhr ich fort, „daß ich so einfach ein Beweisstück aus der Hand gebe. Auch wenn es kein zwingender Beweis ist, ist es doch bestimmt wichtig. Ach, wissen Sie, ich hab noch andere Trümpfe im Ärmel. Aber davon später ... Hören Sie mir überhaupt zu?"

Er schien fasziniert von dem Buch, wagte aber nicht, es aufzuschlagen.

„Seite 227, Gedicht 135", half ich ihm auf die Sprünge. *Eine Märtyrin, Zeichnung eines unbekannten Meisters.*"

Er kam zu sich.

„Wie bitte?"

„Sie haben sehr gut verstanden. Ich weiß, wovon ich spreche. Und Sie auch."

Er sah mich an, sagte aber nichts. Ich redete weiter:

„Zwei- oder dreihunderttausend Francs für Jacqueline Carrier. Damit sie in aller Ruhe ihre Schauspielschule absolvieren kann. Und nicht, um was zu beißen zu haben, vor einem Saal voller Idioten ihre mittelalterliche Striptease-Nummer abziehen muß, mit Keuschheitsgürtel, damit's noch dämlicher aussieht."

Er schüttelte den Kopf.

„Ich verstehe nicht ganz", sagte er. „Warum bringen Sie Ihr Anliegen so brutal vor, Mademoiselle Carrier ... Natürlich will ich ihr helfen. Würde ich sonst..."

„Schon gut, Doktorchen. Geben Sie sich keine Mühe. Zwei- oder dreihunderttausend Möpse. Wenn Van Straeten noch lebte, hätte er Ihnen auf Dauer tausendmal mehr aus der

Tasche gezogen. Also, abgemacht: dreihundert Riesen für notleidende junge Künstler. Dabei kommen Sie noch billig weg, mein Lieber."

Er brauste auf. Fehlte nur noch, daß er mit den Füßen stampfte.

„Sie sind ein Erpresser, Sie auch! Heute dreihunderttausend. Morgen wieder dreihunderttausend. Und so geht das immer weiter. Nein! Nein, da mach ich nicht mit!"

„Das wäre ein Fehler."

Seine Empörung legte sich wieder so schnell, wie sie gekommen war.

„Hören Sie", sagte er sanft. „Ich gebe Ihnen das Geld. Aber ich werde Mademoiselle Carrier fragen, ob Sie's an sie weitergegeben haben. Und sehen Sie darin nicht irgendein Schuldanerkenntnis."

„Geben Sie erst mal die Moneten."

„Moment."

Er suchte und fand auf dem Tisch ein kleines Schlüsselbund und öffnete eine der seitlichen Schubladen des Schreibtisches. Seine Hand griff hinein, aber ich war schneller als er. Mit einem Sprung war ich bei ihm, knallte die Schublade zu und klemmte ihm die Hand ein. Der Revolver fiel dumpf zu Boden. Leverrier jaulte auf und warf sich in einen Sessel.

„Schnauze, verdammt nochmal", schimpfte ich. „Oder wollen Sie den ganzen Bau aufwecken?"

Er ließ seine Nachbarn noch etwas ruhen, stöhnte nur leise und bewegte vorsichtig seine Hand, die ihm ein Lied sang. Ich nahm den Revolver, der dem Arzt nicht viel genützt hatte, und hielt ihn in seine Richtung.

„Reden wir wieder vom Geschäft", sagte ich.

Das dauerte gute zehn Minuten, aber dann hatte ich zweihunderttausend Francs – mehr Bares hatte er nicht –, die Jacquelines Karriere erleichtern sollten.

„Ich weiß gar nicht, warum ich das tu", knurrte Leverrier.

„Werd's Ihnen erklären."

„Alles begann... Nein. Mit *Les Fleurs du Mal* hat es nicht angefangen. Die Blumen des Bösen sind nur ein Teil des ganzen Straußes. Aber ich will damit anfangen. Also: *Les Fleurs du Mal.* Eines Tages hat Ihr Sohn etwas Schreckliches darin gelesen. Hat bestimmt mit Ihnen darüber geredet. Und Sie haben ihm sicher etwas Ähnliches geantwortet wie ich eben."

„Das beweist nichts."

„Trotzdem, es war besser, das Buch nicht einfach so rumliegen zu lassen. Aber Ihr Sohn hat's nicht Ihnen überlassen, sondern selbst behalten. Und weil er den Schock nicht überwinden konnte, hat er sich umgebracht. Ohne ein Wort des Abschieds, nichts. Schlimmer als ein Tier. Sogar die Liebe zu Jacqueline konnte ihn nicht von seinem düsteren Entschluß abbringen. Aber vorher pumpt er sich noch mit Rauschgift voll – Neugier eines Studenten, vielleicht auch der unbewußte Wunsch, einen Selbstmordersatz an die Stelle des wirklichen Selbstmords zu setzen. Und Van Straeten verschafft ihm Zugang zu der Opiumhöhle in der Rue Broca. Ich nehme an, unter der Wirkung des Rauschgifts fängt Paul an zu quatschen. Was er sagt, stößt nicht auf taube Ohren. Als er dann weggeht, um sich das Leben zu nehmen, überläßt er dem falschen Magier das Exemplar von *Les Fleurs du Mal.* Van Straeten hat ein halbes Geheimnis im Ohr. Er wird versuchen, hinter das ganze Geheimnis zu kommen und es zu Geld zu machen. Ihr Sohn bringt sich um. Ein Motiv dafür gibt es auf den ersten Blick nicht. Aber Sie, Sie wissen ganz genau, warum er's getan hat. Warum sind Sie so lieb zu Jacqueline? Weil Sie meinen, daß sie von Paul das Buch geerbt hat. Sie wollen es haben. Dann hören Sie von Jacqueline, daß sie einen Detektiv engagieren will. Ein Berufsschnüffler? Wie unangenehm. Sie verlieren den Kopf. Erstaunlich, wie Menschen, die bei tatsächlichen Gefahren bemerkenswert kaltblütig bleiben, bei Kinderkram plötzlich durchdrehen. Als ich also auf der Bildfläche erscheine, holen Sie zum letzten entscheidenden Schlag aus. Günstiger wär's gewesen, Sie hätten sich ganz ruhig verhalten. Aber was geschehen ist, ist geschehen. Jac-

„Dreihundert Riesen...

...für notleidende junge Künstler" – keine Kleinigkeit, und doch: Wie schnell schrumpfen sie zusammen, wenn man nicht die Kunst beherrscht, sie wachsen zu lassen.

Pfandbrief und Kommunalobligation

Meistgekaufte deutsche Wertpapiere - hoher Zinsertrag - bei allen Banken und Sparkassen

Verbriefte  Sicherheit

queline hat vor ein paar Tagen ihren Zimmerschlüssel verloren. Verloren? Von wegen! Sie haben ihn geklaut und sich davon einen Nachschlüssel anfertigen lassen. So konnten Sie in ihr Zimmer, wann Sie wollten. Und Sie wollten letzten Dienstag. Sie dringen bei Jacqueline ein und durchwühlen ihr Zimmer, schmeißen sogar ein Buch übers Theater vom Regal. Das fand sich später unterm Bett wieder. Aber dann kommt der Witzbold Mauguio. Sie verstecken sich im Badezimmer. Vielleicht bleibt er ja nicht lange. Denkste! Er läßt sich häuslich nieder. Die Zeit verrinnt. Wie sollen Sie Jacqueline Ihre Anwesenheit erklären, wenn sie nach Hause kommt? Sie müssen weg hier. Also, zack!, ein Schlag auf Mauguios Hinterkopf mit einem stumpfen Gegenstand, den Sie im Badezimmer finden. Und weil der junge Mann sturzbesoffen ist, täuschen Sie einen Sturz vor. Nichts leichter als das. Etwas Blut auf die Kante des Nachttisches, und es war ein Unfall! Hören Sie mir zu?"

Er sah mich an, sagte kein Wort. Aber er hörte mir zu. Das ja!

Ich nahm den Faden wieder auf:

„Am nächsten Tag ruft Jacqueline Sie an. Sie ist ein liebes Mädchen. Mauguio tut ihr leid, obwohl er ihr nicht sympathisch ist. Sie kommen sofort. Erstens können Sie sich jetzt davon überzeugen, wie schwer Mauguios Verletzung ist. Sie wollen natürlich nicht, daß er stirbt. Zweitens können Sie erfahren, ob wir an einen Überfall glauben oder Ihre Unfallversion geschluckt haben. In beiderlei Hinsicht beruhigt, haben Sie außerdem noch das Glück – wahrscheinlich dachten Sie das damals... obwohl ich nicht glaube, daß das ein Glück für Sie war –, das Glück also, mit mir zusammenzutreffen. Wollen mich mit Schmus besoffen machen, eine Mischung aus Wahrheit, Lüge, Komödie und Offenheit. Ich mache Ihnen weis, daß auch ich nicht an einen Überfall auf Mauguio glaube. Also, alles läuft prima."

Ich holte Luft. Offenbar waren hier im Viertel die Getränke knapp.

„Nein, alles läuft nicht prima", fuhr ich fort. „Im Gegenteil. Es läuft sehr schlecht. Sie sind nämlich noch immer nicht an dies verdammte Buch rangekommen. Na ja... Trösten Sie sich: alles zu seiner Zeit!... Und tatsächlich, *Die Blumen des Bösen* werden Ihnen gebracht. Und von wem? Vom bösen Van Straeten. Wir hätten ihn beinahe vergessen. Wär schade gewesen. Kommen wir also auf ihn zurück."

Ich sah meinen Gegenüber an. Er zuckte nicht mit der Wimper.

„Van Straeten besitzt das Buch seit einem Monat, konnte aber bisher nicht hinter das Geheimnis kommen. Bis vor kurzem. Sonst hätte er schon viel eher mit Ihnen Kontakt aufgenommen. Und wenn Sie gewußt hätten, daß der Band in seinem Besitz war, hätten Sie sich das Abenteuer bei Jacqueline erspart. Mit diesem Buch hat Van Straeten Sie in der Hand. Und dann überstürzen sich die Ereignisse... Weiß um's Verrecken nicht, ob meine Anwesenheit dran schuld ist, aber... na ja, es ist, wie es ist... Die Ereignisse überstürzen sich, und Van Straeten, der Sie in der Hand hat, braucht Ihre Hilfe. Jemand bei ihm zu Hause schwebt in Lebensgefahr. Yolande. Der Magier ist nämlich im Nebenberuf Metzger. Kann seine Kurpfuscherei von einem richtigen Fachmann noch hingebogen werden? Yolande ist Van Straeten scheißegal, aber ihm wär's schon lieber, wenn sie nicht stirbt. Sicherheitsmaßnahmen für den guten Ruf. Er kommt also mitten in der Nacht zu Ihnen, bedroht Sie wieder mit dem Buch, Sie gehen mit ihm. Sie sind zwar ein krummer Hund, aber wie viele andere: weder total gut noch total schlecht. Immerhin muß da ein Leben gerettet werden in dem unglaublichen Drecksnest in der Rue Rollin. Ich weiß nicht, ob das Mädchen schon tot ist, als Sie kommen. Jedenfalls können Sie ihr Leben nicht mehr retten. Da stehen Sie nun alle drei – der Magier, der Schwarze und Sie – vor einer Leiche. Gar nicht lustig, hm? Und es kommt noch besser: Die Tür geht auf, und wer spaziert herein? Inspektor Masoultre. Hat mit mir über den Fall Ihres Sohnes gesprochen und möchte sich so einiges noch mal genauer ansehen. Wir haben beide dasselbe Ziel, Masoultre und ich: die Motive für den Selbstmord ans Tageslicht zu bringen. Allerdings will ich damit Jacqueline Gewißheit verschaffen, während er als eifriger Polizeibeamter handelt. Also: Inspektor Masoultre erscheint auf der Bildfläche. Und jetzt hören Sie gut zu, Leverier. Hören Sie mir zu? Gut. Auch wenn Van Straeten auf frischer Tat ertappt wurde, er wäre irgendwie davongekommen. Schließlich war's ein Unfall, und er hatte nichts zu verlieren. Keine Familie, keinen Ruf, nichts. Er konnte den Flic ruhig umlegen, schlimmer wär's für ihn nicht geworden. Aber Sie, Leverrier? Sie?"

Er brüllte auf wie ein verwundetes Tier:

„Ich?"

„Ja, Sie! Masoultre kennt Sie. Er weiß, daß Sie der Vater des jungen Selbstmörders sind, mit dessen Fall er sich wieder beschäftigt. Und jetzt überrascht er Sie vor der Leiche eines Mädchens, das... Wie weit wird er bohren, wenn er Sie zwischen den Pfoten hat? Wird er nicht den wahren Grund für Pauls Selbstmord rauskriegen? Ein Skandal wird den nächsten jagen. Nein, Sie haben sich zuviel aufgeladen. Der Flic hat durchs bloße Auftauchen sein Todesurteil unterschrieben. Sie reißen Van Straeten die Kanone aus der Hand – oder haben selbst eine bei sich, was weiß ich. Aber eins ist klar: Sie haben Masoultre erschossen!"

Ich holte wieder tief Luft. Der Arzt versank in seinem Sessel. Aber schon legte ich wieder los:

„So! Jetzt hat Van Straeten Sie mehr denn je in der Hand. Zwischen ihm und Ihnen verläuft so was wie 'ne punktierte Linie, eine Kette: die Leichenteile eines Flics. Jetzt kennt Van Straeten keine Rücksicht mehr. Er besucht Sie ganz offen. Hier, und wenn Sie nicht zu Hause sind, bei Ihrer Geliebten, der schönen Madame Darbaud. Ich bin ihm letzten Samstag hinterhergegangen. Sie sind zusammen in die Rue Rollin gekommen. Ich war schon da, hatte soeben die widerliche Entdeckung gemacht. Warum hatte Van Straeten Sie mitgebracht? Zum Diskutieren? Oder um die letzten Reste der Leiche zu beseitigen? Jedenfalls kamen sie zusammen hin. Sicher in Ihrem Wagen. In diesem Moment... Van Straeten kannte mich nur unter einem Decknamen, Arthur Martin. Plötzlich nennt er mich Nestor Burma. Warum? Weil Sie in der Rue Rollin meinen Wagen gesehen haben. Und Sie haben zu dem Kurpfuscher gesagt: ‚Vorsicht, Nestor Burma treibt sich hier in der Gegend rum...' Dazu die nötigen Informationen über mich. Sie gehen zum Pavillon. Die Tür steht auf. Aufgebrochen. Kein Zweifel, Nestor Burma ist da. Sie lassen Van Straeten auf mich los. Vielleicht sagen Sie ihm sogar, das sei klüger, ich dürfe Sie nicht zusammen sehen. Würde sonst schnell peinliche Zusammenhänge herstellen. Und mittendrin in der schönsten Keilerei zwischen mir und dem Magier nutzen Sie die günstige Gelegenheit aus, um sich an diesem Schwein zu rächen. Sie heben den Revolver auf, den ich durch die Luft geschleudert habe, schlagen mich nieder und erschießen den Erpresser. Die Erpressung hat sich damit erledigt. Sie töten mich nicht, weil Sie keinen Grund dafür haben. Ein Flic auf Ihrem Gruppenbild reicht, denken Sie. Und wenn sich die Kripoleute nur um Van Straetens Leiche kümmern müssen – den sie für den Mord an Masoultre verantwortlich machen werden –, werden sie sich nicht gerade vor Eifer zerreißen. Also machen Sie sich so schnell wie möglich aus dem Staub. Nicht mal den Gedichtband suchen Sie, obwohl der irgendwo in der Bude rumliegen muß. (Ich hab ihn allerdings schon in der Tasche!) Zum Teufel mit dem Buch! Erstens bleibt keine Zeit mehr zum Suchen, und dann... wer wird die Seiten schon so sorgfältig untersuchen, um eine Botschaft zu entdecken? Eine schreckliche Botschaft. *Sprich, furchtbar Haupt.* Paul konnte sie lesen. Van Straeten auch. Weil ihre Aufmerksamkeit darauf gelenkt war. Aber wer sonst noch? Hm? Nestor Burma, mein lieber Dr. Leverrier!"

Ich verbeugte mich leicht in seine Richtung.

„Vielleicht wär's so langsam an der Zeit, von dieser Botschaft zu sprechen, hm? Sie hieß Madame Leverrier. Sie lag *im engen Zimmer, drin wie zwischen Treibhauswänden bedrük-*

kend schwül die Luft. Sie hatte nichts zu schreiben. Oder aber sie wollte nicht schreiben. Sie war sich nicht sicher, ob ihr schrecklicher Verdacht zutraf. Also hat sie eine Art Flaschenpost ins Meer geworfen... die vielleicht ihr Ziel erreichen würde, falls ihr Verdacht sich bestätigte. Sie hat dieses Gedicht, von Baudelaire gewählt, *Eine Märtyrin*, weil nicht der Titel, sondern auch einige Verse ihre Sorge widerspiegelten. Mit einer Nadel hat sie die Botschaft gekennzeichnet. Soll ich sie Ihnen vorlesen?"

„Nicht nötig", sagte der Arzt mit tonloser Stimme. „Ich kenn den Inhalt. Lucile glaubte, ich wollte sie vergiften."

„Und stimmte das?"

„Absolut nicht."

„Na schön. Wie ich schon sagte, diese Botschaft ist kein Beweis. Nur so was wie ein anonymer Brief. Aber manchmal lösen anonyme Briefe Ermittlungen aus, durch die seltsame Dinge entdeckt werden... wenn's was zu entdecken gibt. Und sollte man intensiv die Todesursache bei Ihrer Frau untersuchen, ich glaub, da gäb's schon was zu entdecken. Zum Beispiel, daß Sie ihre Lebensversicherung gekündigt haben, und zwar ein halbes Jahr, bevor ihre Frau krank wurde. Meine Sekretärin ist eine charmante Frau, dabei überhaupt nicht dumm. Trotzdem ist sie ihrer weiblichen Logik aufgesessen. Vielleicht war das aber auch die asiatische Grippe. Jedenfalls hat irgendwas ausgesetzt in ihrem klugen Kopf. Sie hat Sie sofort verdächtigt, Ihre Frau umgebracht zu haben. Dieser Verdacht wurde aber ausgeräumt, als sie das mit der Lebensversicherung erfuhr. Sie hat nicht kapiert... im allgemeinen ist sie schlauer..., daß Sie die Versicherung gekündigt haben, eben *um* Ihre Frau töten zu können. Die Versicherungsgesellschaften, das ist ja bekannt, kassieren gerne, zahlen aber nicht so gerne. Chronische Betrugspsychose. Wenn Sie die Gesellschaft beim Tod Ihrer Frau auf dem Hals gehabt hätte, wär Ihnen vielleicht die Suppe versalzen worden. Die Versicherungsleute sind verdammt hartnäckig, beißen sich fest, platzen vor Neugier. Hartnäckiger als die Flics. Sie sind erst zufrieden, wenn sie einen Vorwand gefunden haben, die Auszahlung der Prämie zu verweigern. Also besser keine Versicherung. Es würde schon so genug Scherereien geben. Und dann Paul, natürlich. Er entschlüsselt die Botschaft. Wenn Sie Ihre Unschuld beteuert haben, dann war das nicht sehr überzeugend. Für Paul brach eine Welt zusammen. Die Mutter ermordet, der Vater ein Mörder. Paul bringt sich um."

Ich wartete auf eine Reaktion. Fehlanzeige. Ich fuhr fort:

„Ich überlegte. Keine Versicherung. Kein Geld. Aber vielleicht hatte Madame Leverrier ein eigenes Vermögen, das bei ihrem Tod an Paul ging, mit Ihnen als Nutznießer. Paul ist tot. Wie gefällt Ihnen das, hm?"

Das machte ihn auch nicht gesprächiger.

„Sie sind ein Ungeheuer! Ein abscheuliches Ungeheuer!" stieß eine heisere Stimme in meinem Rücken hervor.

Offensichtlich galt das mir. Ich drehte mich um. Ich hatte sie nicht ins Zimmer kommen hören. Sie stand beinahe genauso unbeweglich vor mir, wie sie eben im Sessel gesessen hatte, unter ihrem eigenen Bild. Sie trug ein weißes Pelzcape. Ihr Abendkleid fegte über den Teppich. Eine große, dunkelhaarige Frau mit guter Figur. Ihr hübsches Gesicht wirkte gleichzeitig verwirrt und hart. Ein gekünsteltes Kinogesicht. An ihrer rechten Hand glitzerte ein Diamant. Und genau diese Hand hielt eine .22er.

„Sie sind ein Ungeheuer", wiederholte Madame Darbaud.

„Ich glaube, Sie irren sich in der Adresse, Madame", sagte ich so ruhig wie möglich.

Sie gehörte zu der Art Mäuse, die losballern, nur um zu sehen, wie das so wirkt. Man durfte sie um Gottes willen nicht nervös machen. Die .22er ist eine elegante Waffe, wenn man der Werbung glaubt. Aber erfahrungsgemäß bringt sie einen genauso leicht um die Ecke wie jedes andere Ding.

„Da, Ihr Geliebter. Der ist das Ungeheuer... um mit Ihren Worten zu reden."

Leverrier war wirklich nicht hübsch anzusehen. Das personifizierte Schuldbewußtsein. So was sehen die Concierges gerne in der Zeitung.

„Und wenn Sie gehört haben, was ich gesagt habe..."

„Zum Teil. Sie sind ein Ungeheuer. Ich weiß nicht, worum's geht. Aber Sie gehören zu den Gestalten, die seit ein paar Tagen um den Doktor herumstreichen."

Ich zuckte die Achseln.

„Hören Sie! Wir haben keine Zeit zu verlieren. Ich hab getan, was ich tun mußte: ein paar Sous für Jacqueline sammeln. Und jetzt..."

Ich wandte mich zu Leverrier um.

„Hören Sie mir gut zu. Sie sitzen in der Falle, wie 'ne Ratte. die Flics werden Ihnen auf die Schliche kommen. Da brodelt's ganz schön bei der Kripo, seit Masoultre umgelegt worden ist. Van Straetens Mörder ist ihnen scheißegal. Aber wenn sie rauskriegen, daß das derselbe ist, der auch ihren Kollegen auf dem Gewissen hat... oh, oh, Donnerwetter! Die Flics haben schon zwei Autokennzeichen. Wird noch einiges Kopfzerbrechen bereiten, aber dann haben sie auch den Mörder des falschen Holländers. Aber ich wollte schneller sein. Bin zufällig draufgekommen. Ich mach nicht ihre Drecksarbeit, aber wenn die Flics mich ausquetschen, werd ich wohl auspacken müssen. Sie haben nicht mehr viel Zeit, Leverrier. Deswegen wollte ich Ihnen auch noch rechtzeitig Geld für die Kleine abknöpfen. Das ist jetzt die neue Masche der Agentur Fiat Lux: Nestor Burma bezahlt seine Klienten. Also, ich verschwinde. Hab Ihnen alles gesagt, was ich zu sagen hatte. Sie können ja mit den echten Flics über den Tod Ihrer Frau weiterdiskutieren. Sie werden sich vielleicht an den Fall Girard erinnern."

„Der Fall..." Er schluckte. „Der Fall Girard?"

„Sie wissen genau, wovon ich spreche. Girard. So um 1920, glaub ich. Hat Leute umgebracht, indem er ihnen Typhusbakterien einimpfte. Sie, Doktor, können sich viel besser als dieser Girard Bakterienkulturen beschaffen. Das haben Sie getan. Und das steht in der Botschaft, in der Ihre Frau Sie beschuldigt. Auf Wiedersehn."

Leverrier versank immer tiefer in seinem Sessel.

„Sie sind ein Ungeheuer", keifte Madame Darbaud zum vierten Mal. „Ein dreckiger Erpresser."

„Also, jetzt reicht's aber", schimpfte ich. „Wenn Sie seine Komplizin sind, gehen Sie mit ihm in den Knast."

„Ich bin nicht seine Komplizin. Ich... So verteidige dich doch!" schrie sie ihren Geliebten an. „Verteidige dich! Es kann doch nicht sein, daß..."

Sie stürzte zu ihm, änderte aber auf halbem Wege ihre Meinung und ging auf mich los, immer noch diese verdammte .22er in der Hand. Ich glaube, sie dachte wohl gar nicht mehr daran, aber deshalb war das Ding nicht weniger gefährlich.

„Reden Sie keinen Quatsch", sagte ich. „Und lassen Sie mich vorbei."

„Sie kommen hier nicht raus. Sie werden das alles zurücknehmen. Sie sind eine Erklärung schuldig. Sie..."

Ich faßte sie beim Handgelenk und verdrehte ihr leicht den Arm. Wenn ich damit erreichen wollte, daß sie losballerte, dann hatte ich gewonnen. Sie drückte auf den Abzug, die Kugel durchlöcherte Gardine und Fensterscheibe und landete auf dem Boul' Mich'.

„Lucienne!" schrie Leverrier.

Aber Lucienne hörte nichts, war wie entfesselt. Sie schlug wie eine Wilde um sich. Endlich konnte ich sie bändigen und entwaffnen. Dann gab ich ihr ein paar saftige Ohrfeigen. Ich schäme mich, es einzugestehen, aber das tat mir richtig gut. Ihr übrigens auch, schien mir. Ihre Augen glänzten eingenartig. Bei dem Kämpfchen war ihr Pelzcape aufgegangen und ihr Abendkleid verrutscht oder eine Naht aufgeplatzt. Jedenfalls kam eine Brust zum Vorschein, nackt, fest, bebend. Nicht eine Sekunde dachte sie daran, ihre Toilette wieder in Ordnung zu bringen. Also spielte ich die Kammerzofe, nahm die beiden Enden des Pelzcapes, knöpfte sie zu und schüttelte alles, Behälter und Inhalt.

„Verschwinden Sie", sagte ich. „Egal, ob Sie seine Komplizin sind oder unschuldig. In den letzten Tagen war Ihr Freund nicht mehr derselbe. Er hatte seltsame Besuche... Van Straeten... und Sie haben sich Sorgen um ihn gemacht. Das erklärt Ihren Wutausbruch hier. Wenn Sie seine Komplizin sind, wird die Polizei Sie schon finden. Nicht mein Bier. Verschwinden Sie!"

Ich schob sie zur Tür, und sie ging ganz benommen raus, wieder ruhiger geworden. Was eine Ohrfeige so alles bewirken kann! Sollte irgendein Mechanismus in ihrem hübschen leeren Köpfchen die grauen Zellen in Bewegung gesetzt haben? Wütend beförderte ich mit dem Fuß ihren Revolver unter den Schrank. Alles und alle kotzten mich an.

„Monsieur Burma", sagte ein dünnes Stimmchen hinter mir.

Leverrier war nicht mehr wiederzuerkennen.

„Hier", sagte er.

Er gab mir ein paar Banknoten.

„Ich hatte noch hunderttausend Francs in der Schublade. Legen Sie sie zu den andern."

Wortlos strich ich das Geld ein. Dann hob ich den Revolver auf, mit dem mich der Arzt vorhin bedroht hatte. Während meiner demonstrativen Verhandlung war er in die Ecke geflogen. Ich kontrollierte, ob er schußbereit war, und legte ihn vor Leverrier auf den Tisch.

„Danke, für Jacqueline", sagte ich. „Das ist alles, was ich Ihnen als Gegenleistung anbieten kann."

Ich drehte mich um und ging gelassenen Schrittes zur Tür, wie ein Handwerker, der froh ist, den Arbeitstag beenden zu können.

Langsam ging ich die Treppe runter. Im Haus war es ganz still. Die Mieter schliefen.

Auf einem Treppenabsatz stürmte mir eine Gruppe Flics entgegen. An der Spitze Florimond Faroux. Als er mich sah, fuhr er auf.

„Nestor Burma!" schrie er. „Verdammt nochmal! Was machen Sie denn hier?"

„Und Sie? Sondereinsatz mit Sondergenehmigung?"

„Zum Donnerwetter! Der Arzt wird seit heute abend überwacht. Wir haben seinen Wagen identifiziert. Einer von unseren Leuten hat das Haus observiert. Eben ist ein Schuß gefallen. Er hat uns alarmiert, und hier sind wir. Mit oder ohne Sondergenehmigung..."

Ich hob die Hand und bat um Ruhe. Fünf Sekunden später hörte man einen Knall, wie von sehr weit weg.

„Ich habe ihm eine Sondergenehmigung erteilt", sagte ich.

Ohne sich weiter um mich zu kümmern, stürzten alle die Treppe rauf. Ich ging auf den Boulevard. Die nackte Frau preßte immer noch ihre Steinhand gegen ihre fiebrige Stirn. Die Kälte drang einem bis auf die Knochen. Die Lieferwagen der Gemüsehändler fuhren in Richtung Hallen. Ein einsamer Radfahrer fuhr an mir vorbei. Nachtarbeiter. Dann donnerten wieder Lieferwagen den völlig freien Boul' Mich' entlang. *Der Lastwagen mit den schweren Rädern.* Baudelaire. *Der Wein des Mörders. Eine Märtyrin.* Langsam, ganz langsam fingen Schneeflocken vor meinen Augen an zu tanzen. Eine landete im Kopf meiner Pfeife und zerschmolz zischend.

Paris, 1957

Nachgang

Place de la Contrescarpe.

Einen wahren Satz mußt du schreiben. So ähnlich hat er gesagt. Einen möglichst wahren Satz mußt du schreiben, wenn du schreiben willst. Aber was ist schon wahr? Die verlogene Clochard-Romantik der versoffenen Penner vielleicht, die sich da auf der Place de la Contrescarpe wie es gediegene Reiseführer beflissen und durchaus glaubhaft beschreiben, seit vielen Jahren zusammenrotten, neugierig beäugt und abgelichtet, im Vorübergehen oder als Staffage. Ein Gruppenbild mit zweifelhaften Herren. Den Hintergrund mag der „Pomme de pin" abgeben, der Tannenzapfen, in dem schon Rabelais den Becher gehoben haben soll. Oder der Nègre Joyeux, dieses hinter Glas verblaßte Wahrzeichen eines früheren Spezereiladens, der heute einem seelenlosen Supermarkt gewichen ist.

Die ersten Maitage besinnen sich auf den April und die angetrunkenen Stadtstreicher tapsen in alkoholisiertem Stechschritt unter die nächstgelegene Markise, um dem Platzregen zu entfliehen. Ein zottiger Schäferhund, der ihnen die lästigen

Gelegenheits-Fotografen vom Leib gehalten hat, folgt ihnen jaulend auf dem Fuß.

Ich stochere lustlos im lauwarm servierten Tintenfisch zum billigen 40-Francs-Menu beim Griechen.

Essen ist dort Nahrungsaufnahme, Kalorienverzehr, kein gastronomisches Erlebnis. Die Place de la Contrescarpe ist ein Treffpunkt, für Clochards und für Touristen, nicht für die Gourmets der Schickeria. Hier ißt man nicht, hier ist man.

Einen wahren Satz mußt du schreiben, hat Hemingway gesagt.

Hier also hatte Burma den farbigen Studenten Toussaint Lanouvelle ausfindig gemacht. Aber da Léo Malet sich seine Adressen zuweilen aus verschiedenen Zutaten zusammenmixt, mag man sich den Bal Antillais und die darüberliegenden Wohnungen aussuchen. Der Nègre Joyeux wäre wohl eine allzu platte Anspielung, die urige Bierkneipe „La mort subite" (zum plötzlichen Tod) ein allzu makabrer Hinweis.

Aber, gleich um die Ecke, in der Rue Mouffetard, der quirligsten Marktstraße von ganz Paris, da findet sich „la Martinique" mit einem buntbemalten Schaufenster. Das wird es wohl sein.

Die Mouff, wie sie oft genannt wird, hält jetzt, am frühen Nachmittag, ihre Siesta. Die noch morgens überquellenden Marktstände sind leergefegt und in den unzähligen mediterranen, meist griechisch geführten Tavernen schlürfen die letzten Mittagsgäste den schwarzen Kaffee zum honigsüßen Kuchen.

Weiter unten, im Auslauf der Mouff, ebbt der levantinische Lärm der vor allem für Touristen aufgeputzten Grill-Schänken ab. Die ländlich-idyllisch anmutende St. Medard-Kirche verrät nicht mehr daß der vor gut 250 Jahren aufgelassene Friedhof ein Ort wilder Exzesse war, als Hunderte von Frauen, die sogenannten Konvulsionärinnen, den Tod eines früh verstorbenen Diakons der Gemeinde auf allzu enthemmte Art betrauerten. Vermeintliche Wunderheilungen führten zu kollektiver Hysterie, die erst auf königliches Geheiß gestoppt wurde.

Der belesene Toussaint Lanouvelle mag in Erinnerung dieser Wunderheilungen, nur weniger hundert Meter entfernt, daran gedacht haben, in seiner karibischen Kapelle Yolande wieder zum Leben zu erwecken.

Die Kirche St. Medard.

Auf der anderen Seite der Place de la Contrescarpe, in der eher düsteren Rue Rollin, hatte sich der Bösewicht van Straeten niedergelassen. Auf Burmas Spuren überquere ich die Rue Monge und steige die Treppe zur Rue Rollin hoch.

„Zwischen zwei baufälligen Häusern kam ich durch ein Tor auf einen Hof mit verkümmerten Bäumen. Hier wohnte also dieser Holländer, ganz hinten in einem niedrigen Pavillon."

Die ehemals baufälligen Häuser wurden und werden inzwischen zu luxuriösen Eigentumswohnungen umgebaut. Zum Teil jedenfalls. Die weniger gut betuchten Studenten sind von dem stramm angestiegenen Mieten vertrieben worden. Kein Platz mehr für windige Magier und Gaukler.

Altrömische Ruinen einer Arena verheißt der Stadtplan ganz in der Nähe. Aber kein Vergleich zu Arles oder Nîmes! Ein paar kümmerliche Steinreihen gruppieren sich um den sandigen Innenplatz auf dem die Jungen Fußball und die Alten Boule spielen. Im dritten Jahrhundert war die Arena zerstört und später zugeschüttet, im vergangenen Jahrhun-

Die Treppe zur Rue Rollin.

dert erst wieder entdeckt und ausgegraben worden. Der Reiseführer bedenkt sie nur als Randnotiz.

Da lohnt es sich schon eher, auf dem Weg zum an der Seine gelegenen Quai St. Bernard, ein paar Schritte durch den Botanischen Garten zu gehen. Die Ärzte Ludwigs XIII. hatten ihn zu Beginn des 17. Jahrunderts auf der Basis einer umfangreichen Heilkräutersammlung des Königs angelegt. Später wurde daraus eine Botanikschule und schließlich wurde dem Park ein Tiergarten angegliedert, in dem die erstaunte Pariser Bevölkerung in den ersten Jahren nach der Revolution erstmals Giraffen und Elefanten bewundern durfte. Zur Zeit der Kommune freilich diente der Zoo trotz energischer, wenn auch vergeblicher Proteste der Naturwissenschaftler auf Grund des dramatischen Nahrungsmittel-notstands als

Nachschubbasis des Schlachthofes. Eine lange Allee führt zur Seine hin an die Stelle, an der sich der junge Paul Leverrier im Zustand drogenberauschter Verzweiflung eine tödliche Kugel in den Kopf jagte.

Gäßchen im Quartier Latin (Rue la Place).

Auf der anderen Seite des Botanischen Gartens lohnt sich ein Abstecher in das maurische Café der in den zwanziger Jahren dieses Jahrhunderts erbauten Moschee. Der Service entspricht zwar maghrebinischer Gelassenheit, aber thé à la menthe und das klebrig-knusprige Naschwerk schmecken genauso wie im Bazar von Tunis oder Marrakesch. Keine andere Glaubensgemeinschaft zählt nach den Katholiken in Frankreich so viele Anhänger wie der Islam. Auf die Rufe des Muezzin vom reichverzierten Minarett wird man allerdings (noch) vergeblich warten.

Zeit endlich, in das Herz des Quartier Latin, des lateinischen Viertels, zu gelangen. Seinen Namen verdankt es der Gründerzeit in der Universität im 13. Jahrhundert, als sich die Studenten, deren Zahl rasch auf rund 50000 anwuchs, vornehmlich auf lateinisch verständigten. Der vorherrschenden Modesprache schlossen sich selbst die Schankwirte und die ebenfalls in stattlicher Zahl herbeieilenden Dirnen an, wobei Chronisten darauf verweisen, daß es mit der Reinheit der lateinischen Sprache nicht weit her war. Das damals schon rege gastronomische Treiben hat dann wohl zur Entstehung des sogenannten Küchenlatein geführt. Die Qualität der verabreichten Nahrungsmittel paßt sich heute dem überschaubaren Budget der studentischen Kundschaft und den häufig kulinarisch bescheidenen Ansprüchen der Omnibus-Touristen an. Lediglich die weltweit gerühmte Tour d'Argent die nun schon über 400 Jahre alt ist, bildet da, neben einigen wenigen anderen Restaurants der Spitzenklasse, eine Ausnahme. Angeblich soll dort König Heinrich IV. von angereisten florentinischen Kaufleuten im Gebrauch der bis dahin am Hofe unbekannten Gabel unterwiesen worden sein. Ein Abendmahl in der „Tour d'Argent" führt bei Touristen zuverlässig zur rapiden Entleerung der mitgeführten Reisekasse, weshalb man sich den Luxus eines Besuchs tunlichst erst am Vorabend der Abreise gestatten sollte. Glücklicherweise sind die Speisen weit weniger gesalzen als die Preise.

Keine Adresse jedenfalls für Nestor Burma, der sich viel lieber in den weniger aufwendigen Bistros zwischen der Rue St. Jacques und dem Boulevard St. Michel herumtrieb. In der Rue St. Séverin zum Beispiel soll sich Paul Leverrier die unglückbringende Waffe besorgt haben, mit der er sich wenig später

Rue Severin.

erschoß. Die Kirche St. Séverin war lange Zeit die Kirche der Studenten, die zum Dank für ein bestandenes Examen an den Wänden des Kirchenhauses Votivtafeln anbringen ließen.

Ganz anders Saint-Julien-le-Pauvre, ein paar Schritten weiter. Eine der ältesten und die vielleicht kleinste Kirche von Paris, in der sich heute die griechisch-katholische Gemeinde zum Gebet einfindet. Gleich nebenan das „Caveau des Oubliettes", ein in tiefe Gewölbe hinunterführendes Nachtlokal aus dem Mittelalter, das altes Volksliedgut und Balladen zum Besten gibt, in historischen Kostümen, versteht sich, und zu modernen Preisen. Das Caveau rühmt sich, eine der letzten noch erhaltenen Guillotinen zu besitzen und präsentiert dem neugierigen Besucher auch allerlei anderen Schnickschnack, wobei sich einschlägig interessierte Voyeure auch an bewährten Folterinstrumenten und ein paar Keuschheitsgürteln erfreuen dürfen.

Der Verdacht liegt nahe, daß Léo Malet wieder einmal nach eigenem Gusto Adressen vertauscht hat, denn das historische Kabarett, in dem die gar nicht so schüchterne Jacqueline ihre Stimme und andere körperliche Reize feilbot, hätte sich durchaus ins Caveau hineindenken lassen. Malet ließ seinen Nestor jedoch Kurs auf die Rue des Grands-Degrés nehmen, Ecke Rue du Haut-Pavé. Dort hat sich heute eine dieser modernen Wine-Bars eingenistet und dem Pächter ist der „Colin des Cayeux" ganz und gar ein Unbekannter. Voltaire hat übrigens in dieser kleinen und engen Straße als Anwaltsgehilfe gearbeitet.

Für den routinierten Paris-Bummelanten ist der Spaziergang durch den seinenahen Teil des Quartier Latin kein dauerhaftes Vergnügen. Da mag man lieber zur Place Maubert hinaufwandern, auf der der Dominikaner Albertus Magnus im Mittelalter unter freiem Himmel seine Vorlesungen hielt und die nach dem Bericht des Erasmus von Rotterdam einmal das „Königreich der Bettler und Vagabunden" war. Später war die Place Maubert eine bevorzugte Stätte von Hinrichtungen. Daß dort im Kommissariat des 5. Arrondissements das sehenswerte Polizei-Museum untergebracht wurde, muß als historischer Zufall gewertet werden. Von dort steigt der Weg an durch die Rue des Carmes (der Karmeliter) in die Rue

St. Etienne du Mont.

Valette, in der eines der vielen Studentenhotels dieses Viertels zu finden war.

„Im Hôtel Jean schlief alles tief und fest. Es lag in der Mitte der abschüssigen Rue Valette, auf der Höhe der Montagne Sainte-Geneviève." Mit einem Fenster zur Straßenseite hin kann man bei rechtsgewendetem Blick zur Seine und die Kathedrale Notre-Dame hinabschauen, links hinauf sieht man die monumentale Kuppel des Pantheon.

Die heilige Genoveva ist die Schutzpatronin der Stadt. Ihre Gebeine wurden in einer der eigenartigsten und dabei schönsten Kirchen von Paris beigesetzt, der St. Etienne-du-Mont, die auch die Herren Blaise Pascal und Jean Racine aufnahm. Die trügerisch ewige Ruhe der Heiligen erfuhr während der bewegten Jahre der Revolution jedoch eine jähe Unterbrechung, als frevelhafte Grabschänder den Steinsarkophag leerten und den Inhalt in die Seine kippten. Lediglich ein Zeigefinger der ehrwürdigen Dame entging dem Raubzug der Bösewichte und eben jenes Fingerglied dient nun als Wallfahrtsziel frommer Pilger in einem prunkvoll hergerichteten Reliquienschrein. Die Kirche St. Etienne du Mont, die den Eindruck erweckt, als hätten sich ganze Generationen von Architekten an ihr versucht, ist übrigens die einzige Kirche von Paris mit einem Lettner aus der Zeit der Renaissance.

Auch das Pantheon war zunächst ein Gottestempel, aber nur wenige Jahre. Den Kirchenfeindlichen Jakobinern stand der Sinn nach einer Ruhmeshalle für ihre vermeintlich Unsterblichen. Eine Idee, die knapp hundert Jahre später wieder angegriffen wurde und da es sich damals gerade so begab, daß mit Victor Hugo ein nationaler Literatur-Heros das Zeitliche gesegnet hatte, galt dies als willkommener Anlaß, den alten Traum der Republikaner in die Tat umzusetzen. Gar mancher der postum Umgebetteten hätte sich den Umzug aus den luftigen Totenparks von Père Lachaise oder vom Cimetière de Montmartre wohl gern verbeten, und der deutsche Schriftsteller Karl Gutzkow notierte während einer Paris-Reise sicher nicht zu Unrecht: „Voltaire würde nie diese dunklen Gewölbe für seine Gebeine als Ruheort gewählt haben... fröstelnder Gedanke hier unsterblich zu liegen!"

Von Voltaire und Rousseau, von Hugo, Zola und ein paar anderen abgesehen muß man Gutzkow wohl auch recht geben mit seiner Behauptung: „Die wahren Größen Frankreichs wird man im Panthéon vergebens suchen."

Talleyrand hat es noch sarkastischer formuliert: „In Ermangelung großer Männer setzt man Beamte ins Panthéon."

An all die großen Frauen der französischen Geschichte hatten die Machos der Republik wohl nicht gedacht, da im Fries der Säulenhalle „aux grands hommes, la Patrie reconnaissante" (den großen Männern, das dankbare Vaterland) geschrieben steht. Wobei im deutschen aus der weiblichen patrie ja nicht etwa das Mutter-, sondern das Vaterland wird.

Aber die Franzosen haben wenigstens ihre Marianne, der wird nur einen Michel entgegenzusetzen haben.

Das führt uns natürlich weit weg von Nestors Spuren und der Bambule am *Boul ‚Mich'*, wie der Boulevard St. Michel seit eh und jeh in Paris genannt wird. Am nicht weiter bemer-

kenswerten Denkmal für die Chemiker Pelletier und Caventou bin ich unzählige Male mit der Buslinie 38 vorbeigefahren, ohne daß es mir jemals aufgefallen wäre.

Aber da oben, im dritten Stock, läßt sich ohne weiteres die Wohnung eines gutverdienenden Arztes hindenken.

„... führte der Arzt mich in eine weiträumige, luxuriös ausgestattete Bibliothek."

Der Boul ‚Mich' ist hier aus den lauten und lebhaften Niederungen zwischen der Seine und dem Boulevard St. Germain hinaufgestiegen. Er hat den bereits ins benachbarte sechste Arrondissement reichenden Jardin du Luxembourg hinter sich gelassen und das Musée de Cluny, ein spätgotisches Stadtpalais, das heute mittelalterliches Kunsthandwerk und eine einmalige Sammlung von Wandteppichen zeigt, darunter auch die Dame mit dem Einhorn. Und weiter unten liegt auch die Sorbonne. Von der fiktiven Praxis des Dr. Leverrier sind es nur noch ein paar Schritte zum Boulevard de Port Royal und dem dort beginnenden 14. Arrondissement.

Wer hier Burmas Spuren verloren haben sollte, mag in seiner Phantasie Hemingway wiederfinden. Der saß nämlich nicht nur gern an der Place de la Contrescarpe, sondern noch viel lieber in der „Closerie des Lilas". Die ehemalige Postkutschenstation wurde nach der Jahrhundertwende und bis in unsere Tage einer der beliebtesten literarischen Treffpunkte der Stadt. In gewisser Weise, notierte Hemingway, waren solche Cafés Vorgänger der Klatschkolumnisten – täglicher Ersatz für die Unsterblichkeit."

Peter Stephan im Mai 1986

Anmerkungen

Seite 9: **Le Poète pendu:** Der erhängte Dichter.
(Ein frühes Cabarettprogramm von Malet, als er noch zu den Surealisten gehörte).

Seite 24: **Tour Pointue:** Polizeidienststelle im Palais de Justice am Quai de l'Horloge.

Seite 37: **D.S.T.: Direction de la surveillance du territoire** („Direktion der Landesüberwachung"; Geheimdienst)

Seite 88: **R.A.T.P.: Régie autonome des transports parisiens** (Pariser Verkehrsbetriebe)

Seite 134: Die Übersetzung des Gedichtes **Une martyre, dessin d' un maître inconnu** (Eine Märtyrin, Zeichnung eines unbekannten Meisters) aus **Les Fleurs du Mal** (Die Blumen des Bösen) folgt der Übertragung von Terese Robinson, erstmals erschienen 1925 im Rahmen der **Ausgewählten Werke** von Charles Baudelaire, herausgegeben von Franz Blei, bei Georg Müller, München.

Seite 146: **Zwei- oder dreihunderttausend Francs für Jaqueline Carrier:** Es handelt sich bei allen Geldbeträgen, von denen im Laufe des Romans die Rede ist, um „Alte Francs".

Straßenverzeichnis

P 17	Rue des Arènes
P 14/15	Rue Auguste-Comte
R 16	Rue Broca
P 17	Rue du Cardinal-Lemoine
P 16	Place de la Contrescarpe
P 16	Rue Cujas
N 15	Place Dauphine (1. Arrondissement)
O 16/17	Rue des Ecoles
R 17	Avenue des Gobelins
O 16	Rue des Grands-Degrés
N/O 16	Rue de la Harpe
O 16	Rue du Haut-Pavé
Q 15	Rue Henri-Barbusse
Q 17	Rue Lacépède
O 16	Place Maubert
N 15	Rue Mazarine (6. Arrondissement)
P 17	Rue Monge
O 16	Quai Montebello
Q 16	Rue Mouffetard
P 16	Place du Panthéon
Q 15	Rue Pierre-Nicole
R 15/16	Boulevard de Port-Royal
P 17	Rue Rollin
P 18	Quai Saint-Bernard
O 16/17	Boulevard Saint-Germain
O-Q 15	Boulevard Saint-Michel (Boul' Mich')
N 16	Place Saint-Michel
N 16	Pont Saint-Michel
Q 15	Rue du Val-de-Grâce
P 16	Rue Valette

1.	Verliebte glauben nicht ans Unglück	7
2.	Streitgespräch um eine Leiche	24
3.	Bei Colin des Cayeux...und anderswo	40
4.	Der aufdringliche Säufer	51
5.	Der Vater des Selbstmörders	59
6.	Die Magie des Magiers	70
7.	Asiatische Grippe	79
8.	Wilde Sinfonie an der Place de la Contrescarpe	88
9.	Tagebuch eines Verliebten	101
10.	Praktisches Arbeiten in der Rue Rollin	107
11.	Erwachen	115
12.	Wiederbelebung	119
13.	Wiederbelebung (II)	127
14.	„Sprich, furchtbar Haupt...	133
15.	Die Motive	138
Nachgang		159
Anmerkungen		175
Straßenverzeichnis		177

Jean Mazarin *Sonnige Krimis von der Côte d'Azur*

Frankie-Pat Puntacavallo ist eine herrlich komische Figur.
Er hält sich selbst für einen Nachfahren jener herbmännlichen Leinwanddetektive vom Schlage eines Humphrey Bogart/Philipp Marlowe.
Immerhin hat er es nach fünfjähriger Detektivtätigkeit in Nizza schon auf acht Fälle gebracht. Kein Wunder – bereits in früher Jugend hat ihm sein Vater Prügel angedroht, falls er sich je zu etwas derart schmählichem wie »Arbeit« entschließen sollte.
Ein Gläschen Pastis im Café zieht Frankie-Pat jeder langweiligen Verfolgung vor. Ermittlungen führt er auf seine eigene Art und Weise.

Jean Mazarin

Puntacavallo, ein sonniger Schnüffler

Puntacavallo auf der Ölspur

Saure Trauben für Puntacavallo

Monaco kann auch trostlos sein

Zur Hölle mit dem CIA

Aus dem Französischen von C. Kauder
Jeder Band sorgfältig ediert,
ca. 200 S., 24,– DM

Elster Verlag   Lange Str. 33 · 7570 Baden-Baden

Léo Malet

Nestor Burma, Chef einer kleinen Privatdetektei, hat schlechte Angewohnheiten: immer tauchen in seiner Umgebung Leichen auf, er hat nie Geld und liebt die Frauen. Jeder seiner Fälle spielt in einem anderen Arrondissement von Paris. So folgt man als Leser Nestor Burma buchstäblich durch das Paris der fünfziger Jahre.

Léo Malet, geboren 1909 in Montpellier, riß mit sechzehn Jahren nach Paris aus, schloß sich den Surrealisten an und schlug sich als Chansonnier auf dem Montmartre durch. Mit André Breton verband ihn eine lebenslange Freundschaft, ebenso zu Salvador Dalí und René Magritte. Für seine legendären Kriminalromane erhielt Léo Malet mehrere hohe Auszeichnungen. Er lebt heute in Paris.

Bilder bluten nicht *Krimi aus Paris 1. Arrondissement*
(rororo 12592)
Mord in den Markthallen und Diebstahl im Louvre.

Stoff für viele Leichen *Krimi aus Paris. 2. Arrondissement*
(rororo 12593)
Vierzehn Leichen säumen Nestor Burmas Weg.

Marais-Fieber *Krimi aus Paris. 3. Arrondissement*
(rororo 12684)
Ein Pfandleiher ist in mysteriöse Morde verwickelt.

Spur ins Ghetto *Krimi aus Paris. 4. Arrondissement*
(rororo 12685)
Nach der Party liegt ein Mädchen auf dem Sofa, erstochen mit einem SS-Dolch.

Bambule am Boul'Mich' *Krimi aus Paris. 5. Arrondissement*
(rororo 12769)
Liebe, Erpressung und Okkultismus.

Die Nächte von St. Germain *Krimi aus Paris. 6..Arrondissement*
(rororo 12770)
Nestor Burma trifft auf Dichter mit seltsamen Ideen.

Corrida auf den Champs-Élysées *Krimi aus Paris. 8. Arrondissement*
(rororo 12436)
Nestor Burma als Leibwächter einer Film-Diva.

Streß um Strapse *Krimi aus Paris. 9. Arrondissement*
(rororo 12435)
Nestor Burma auf der Spur nach den Kronjuwelen des Zaren.

Wie steht mir Tod? *Krimi aus Paris. 10. Arrondissement*
(rororo 12891)
Ein Schlagerstar fürchtet um Karriere und Leben. Erfolgreich verfilmt mit Jane Birkin und Michel Serrault.

rororo Unterhaltung

Martha Grimes

Die Amerikanerin **Martha Grimes** gilt zu Recht als die legitime Thronerbin Agatha Christies. Mit ihrem Superintendent Jury von Scotland Yard belebte sie eine fast ausgestorbene Gattung neu: die typisch britische Mystery Novel, das brillante Rätselspiel um die Frage «Wer war's?».
Martha Grimes kündigte ihren Job bei der Regierung, um Kriminalromane zu schreiben. Sie lebt, wenn sie nicht gerade in England unterwegs ist, in Maryland/USA.

Inspektor Jury küßt die Muse
Roman
(rororo 12176 und als gebundene Ausgabe)
Für Richard Jury endet der Urlaub jäh in dem Shakespeare-Städtchen Stratford-on-Avon. Eine reiche Amerikanerin wurde ermordet.

Inspektor Jury schläft außer Haus
Roman
(rororo 5947)
Der Inspektor darf wieder einmal reisen – in das idyllische Örtchen Log Piddleton. Aber er weiß, daß einer der liebenswerten Dorfbewohner ein Mörder ist.

Inspektor Jury spielt Domino
Roman
(rororo 5948)
Die Karnevalsstimmung im Fischerdörfchen Rackmoor ist feuchtfröhlich, bis eine auffällig kostümierte, schöne Unbekannte ermordet aufgefunden wird.

Inspektor Jury sucht den Kennington-Smaragd *Roman*
(rororo 12161 und als gebundene Ausgabe)
Ein kostbares Halsband wird der ahnungslosen Katie zum Verhängnis – und nicht nur ihr...

Im Wunderlich Verlag sind außerdem erschienen:

Inspektor Jury besucht alte Damen
Roman
Deutsch von D. Asendorf
304 Seiten. Gebunden.

Inspektor Jury bricht das Eis
Roman
Deutsch von U. Goridis und J. Riehle
320 Seiten. Gebunden.

Inspektor Jury geht übers Moor
Roman
Deutsch von D. Asendorf
448 Seiten. Gebunden.

«Es ist das reinste Vergnügen, diese Kriminalgeschichten vom klassischen Anfang bis zu ihrem ebenso klassischen Ende zu lesen.»
The New Yorker

rororo Unterhaltung

Pitigrilli

Pitigrilli war der italienische Skandal-Autor der zwanziger Jahre. Mit bürgerlichem Namen Dino Serge, 1893 in Turin geboren, fiel er schon früh durch ungebührliche Fragen und brillant-kritische Artikel auf. Für kurze Zeit arbeitete er als Redakteur und Zeitungskorrespondent in Paris. 1939 mußte Pitigrilli wegen seiner jüdischen Herkunft aus Italien auswandern, zuerst in die Schweiz, dann nach Argentinien. 1975 starb er in Turin.

Betrüge mich gut
(rororo 12179)
Bei seinem Erscheinen in den zwanziger Jahren ließ dieses Buch die Wellen der Empörung über Pitigrilli zusammenschlagen.

Der falsche Weg *Roman*
(rororo 5987)
Morbide Süße verströmt die Passion des jungen Attilio für welkende Schönheiten...

Die Jungfrau von 18 Karat
Roman
(rororo 12150)
Eine Liebesgeschichte fernab der gesellschaftlichen Zwänge, voll kluger Sinnlichkeit und subtiler Erotik.

Ein Mensch jagt nach Liebe
Roman
(rororo 5979)
Geistvoll, herzerfrischend trivial und voller Ironie erzählt Pitigrilli die Geschichte des Richters Pott, der von seinem Beruf angewidert und fasziniert von einer Frau sein Glück als Zirkusclown sucht.

Luxusweibchen
(rororo 12201)
Verblüffend, wie Pitigrillis böse Humoresken, in den zwanziger Jahren entstanden, treffsicher die Edelgeschöpfe der neunziger porträtieren.

Kokain *Roman*
(rororo 12225)
Ein junger Journalist flüchtet nach Paris und gerät auf der Suche nach immer ausgefalleneren Reportagen in einen Strudel dekadenter Abenteuer.

Vegetarier der Liebe
(rororo 12240)
Ein Reigen buntschillernder, skurriler Charaktere, geschildert mit Pitigrillis typischer heiter-gelassener Gnadenlosigkeit.

«Was war das Gefährliche an Pitigrilli? Die freimütige Gewandtheit, mit der er die Mythen seiner Gesellschaft behandelte, der Skeptizismus, die ironische Nüchternheit, mit der er von Ehebruch sprach und von falschen Ideologien.» Umberto Eco

rororo Unterhaltung

Leo Perutz

Leo Perutz' Bücher waren Kurt Tucholskys Lieblingslektüre. Ob sich eine Schar deutscher Auswanderer in Mexiko dem spanischen Eroberer Cortez entgegenstellt und ihnen *Die dritte Kugel* zum Verhängnis wird, ob der einfältige Perückenmacher *Turlupin* unversehens eine Adelsverschwörung gegen Kardinal Richelieu gerät oder der Student Stanislaus Demba *Zwischen neun und neun* von unbekannten Verfolgern durch das Wien der k. u. k.-Zeit gehetzt wird – die historisch-phantastischen Romane von **Leo Perutz** (1882–1957) gehörten zu den meistgelesenen Büchern der zwanziger Jahre. Als die Nazis 1938 Österreich besetzten, floh er nach Palästina. Er starb 1957 – von Europa fast vergessen.
Der Rowohlt Verlag veröffentlicht das Gesamtwerk von Leo Perutz in einer Taschenbuch-Edition.

Der Meister des Jüngsten Tages
Roman
(rororo 12286)

Herr, erbarme dich meiner
Erzählungen
(rororo 12326)

Der Judas des Leonardo *Roman*
(rororo 12284)

Der Marques de Bolibar *Roman*
(rororo 12315)

Nachts unter der steinernen Brücke *Roman*
(rororo 12281)

Der schwedische Reiter *Roman*
(rororo 12285)

St. Petri-Schnee *Roman*
(rororo 12283)

Turlupin *Roman*
(rororo 12282)

Wohin rollst du, Äpfelchen?
Roman
(rororo 12338)

Zwischen neun und neun *Roman*
(rororo 12199)

rororo Unterhaltung

P. D. James

Adam Dalgliesh ist Lyriker von Passion, vor allem aber ist er einer der besten Polizisten von Scotland Yard. Und er ist die Erfindung von **P. D. James**. «Im Reich des Krimis regieren die Damen», schrieb die Sunday Times und spielte auf Agatha Christie und Dorothy L.Sayers an, «ihre Königin aber ist P. D. James.» In Wirklichkeit heißt sie Phyllis White, ist 1920 in Oxford geboren, und hat selbst lange Jahre in der Kriminal-abteilung des britischen Innenministeriums gearbeitet.

Ein reizender Job für eine Frau
Kriminalroman
(rororo 5298 und als gebundene Ausgabe im Wunderlich Verlag)
Der Sohn eines berühmten Wissenschaftlers in Cambridge hat sich angeblich umgebracht. Aber die ehrfürchtig bewunderte Idylle der Gelehrsamkeit trügt.

Der schwarze Turm
Kriminalroman
(rororo 5371)
Ein Kommissar entkommt mit knapper Not dem Tod und muß im Pflegeheim schon wieder unnatürliche Todesfälle aufdecken.

Eine Seele von Mörder
Kriminalroman
(rororo 4306 und als gebundene Ausgabe im Wunderlich Verlag)
Als in einer vornehmen Nervenklinik die bestgehaßte Frau ermordet wird, scheint der Fall klar – aber die Lösung stellt alle Prognosen über den Schuldigen auf den Kopf.

Tod eines Sachverständigen
Kriminalroman
(rororo 4923)
Wie mit einem Seziermesser untersucht P. D. James die Lebensverhältnisse eines verhaßten Kriminologen und zieht den Leser in ein kunstvolles Netz von Spannung und psychologischer Raffinesse.

Tod im weißen Häubchen
Kriminalroman
(rororo 4698)
In der Schwesternschule soll ein Fall künstlicher Ernährung demonstriert werden. Tatsächlich ereignet sich ein gräßlicher Tod... Für Kriminalrat Adam Dalgliesh von Scotland Yard wird es einer der bittersten Fälle seiner Laufbahn.

Ein unverhofftes Geständnis
Kriminalroman
(rororo 5509)
«P. D. James versteht es, detektivischen Scharfsinn mit der präzisen Analyse eines Milieus zu verbinden.»
Abendzeitung, München

Georgette Heyer

Georgette Heyer, 1902 in England geboren, verbrachte mit ihrem Mann Ronald Rougier, einem Bergbauingenieur, mehrere Jahre in Afrika. Inzwischen war sie längst eine berühmte Schriftstellerin. Sie hatte ihr Talent mit sechzehn Jahren entdeckt, als sie ihren Brüdern die Geschichte erzählte, die später als *Der schwarze Falter* bekannt wurde. Insgesamt erschienen von ihr über vierzig galante historische Romane und unterhaltende Detektivgeschichten, von denen selbst die Queen begeistert war. «Ihre Figuren und Dialoge», schrieb Dorothy L. Sayers, «sind für mich ein beständiges helles Vergnügen». Georgette Heyer starb 1974 in London.

Mord beim Bridge
Detektivroman
(rororo 12261)
Das Bridgeturnier der vermögenden Witwe Haddington endet mit einem unliebsamen Ereignis. Einer der noblen Gäste wird erdrosselt aufgefunden.

Der Eroberer *Roman*
(rororo 5406)

Vorsicht, Gift! *Detektivroman*
(rororo 5967)
Eines Morgens findet der Butler den reichen Sir Gregory Matthews tot im Bett. Die Erben sind gerührt. Aber irgend etwas stimmt da nicht...

Schritte im Dunkeln
Detektivroman
(rororo 12262)
Vier junge Leute und eine halbtaube Tante beziehen ein ehemaliges Kloster. Schon in der ersten Nacht werden sie von einem grauenhaften Stöhnen aufgeweckt.

rororo Unterhaltung